食堂かたつむり

蝸牛食堂

小川糸 丁世佳——譯

蝸牛食堂

目次

蝸牛食堂……005
番外篇：巧克力蜜月……265

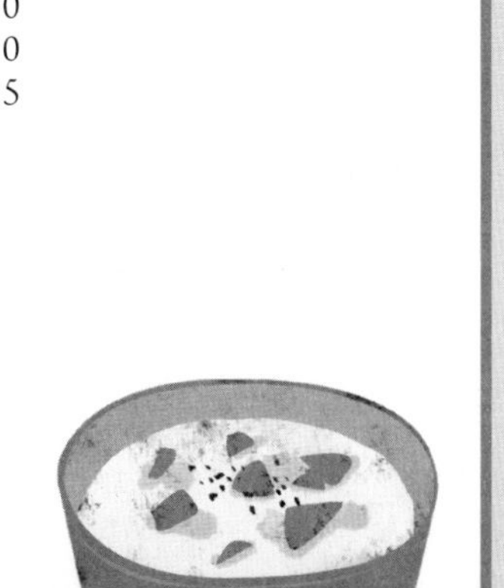

從土耳其餐館打完工回家，發現家裡空空蕩蕩，成了個空殼子。電視機、洗衣機、冰箱、日光燈、窗簾、玄關的腳墊；所有東西都不見了。

一瞬間我以為走錯地方了。但是不管怎麼確認，這裡都是我和印度籍戀人同居的愛巢。天花板上留下的心形痕跡就是不可磨滅的證據。

就像跟房地產仲介第一次來看房的時候一樣。唯一不同的地方，就是房間裡還殘留著些微印度香辛料的味道，以及戀人的鑰匙在空無一物的客廳中央閃閃發光。

在這間好不容易租到的公寓裡，我們晚上手牽手睡一個被窩。印度籍的戀人身上總帶著香料的氣息。窗戶上貼著好幾張恆河的風景明信片。偶爾從印度寄來的印地語信件我雖然一點也看不懂，但還是喜歡撫摸文字，就像是跟印度的家人牽著手一樣，感覺很溫暖。

我是打算有一天要跟戀人一起去印度的。

印度的婚禮是什麼樣子呢？

我飄飄然地作著入口即化的印度芒果優格般，甜蜜的美夢。

房裡滿滿地都是珍貴的資產，跟戀人一起度過的三年份的回憶。

每天晚上我都做飯，等待戀人歸來。

流理台雖然很小，但是貼著磁磚。這是邊間，三面都有窗戶。打工是早班的日子，傍晚回家在籠罩於橘黃夕陽餘暉下的廚房工作，那種喜悅是無可取代的幸福。廚房有一台不怎麼好的烤箱，廚房也有窗戶，自己一個人吃飯的時候，做個燒烤味道也不會悶在屋子裡，非常方便。

廚房裡有很多我用慣了的器具。

已經去世的阿嬤留給我的明治時代研磨缽，新煮米飯專用的檜木飯桶，用第一次打工的薪水買的 Le creuset 鑄鐵鍋，在京都的筷子專門店找到的擺盤細箸，穿起來很舒服的麻布圍裙，做茄子卵石漬時不可或缺的白卵石，還有專門跑到盛岡去買的南部鐵器平底鍋。

餐具、烤麵包機、烹飪紙全都不見了。雖然我沒有什麼值錢的家具，但廚房用品可多得很。那全都是我烹飪的好伙伴。用每個月打工的薪水，買下價錢雖然不便宜，但是能長久使用的東西，好不容易都用得順手的說。

為了慎重起見，我一一打開廚房的收納櫃確認。然而裡面只有曾經放置過東西的痕跡。不管伸手進去怎麼摸，都落了空。連幾年前跟阿嬤一起一個個仔細擦拭然後醃漬的梅子乾，都整瓶沒了。

還有本來期待著今晚回來要跟戀人一起吃的鷹嘴豆古斯米奶油可樂餅的

材料，也全部不見了。

就在此時我猛然驚覺，立刻奔向玄關，只穿著襪子就衝到了屋外。

戀人唯一能入口的日本發酵食品，就是我做的米糠醬菜。只有米糠醬菜是他每天都要吃的。不是阿嬤留下來的米糠醬，就做不出那個味道。

溫度跟濕度都剛剛好，所以我總是把裝米糠醬的罐子放在玄關門口旁邊，瓦斯表的小隔間裡。就算是盛夏那裡也很陰涼，反過來冬天比冰箱裡溫暖，最適合保存米糠。

米糠醬是阿嬤留給我的珍貴遺產。

拜託了。只留下米糠醬就好……。

我一面祈禱，一面打開小格子門，熟悉的罐子，正靜靜地在黑暗中等待著我。

我打開蓋子確認內容物。確實仍舊是我今天早上用手觸碰過後的形狀。

米糠醬的表面露出一點點淺綠色的蕪菁葉。蕪菁削了皮，留下一點葉子，在尾端切了十字，這樣醃漬好了香甜又水嫩。

還在太好了。

我不由得將罐子抱起來摟在胸前。罐子有點涼。除了這罐米糠醬，我已經無所寄託了。

我蓋上蓋子，單手抱著沉重的米糠醬罐子回到屋內。我用指尖捏起他留下的鑰匙，另一隻手已經拎著籃子，就這樣離開了空蕩蕩的公寓。

砰噹。關門聲像是再也打不開一樣沉重。

然後我沒有搭電梯，而是走樓梯。小心抱著米糠醬的罐子，一步一步慢慢往下走到外面。月亮已然掛在東邊的天空上。

我回過頭，三十年歷史的老公寓，像頭大怪獸一樣聳立在黑暗中。

送了房東自己做的馬德蓮小蛋糕，從而可以不需保證人而租到的這間只屬於兩個人的愛巢，就這樣再也沒辦法留下來了。

我離開公寓直接去找房東，歸還鑰匙。因為是月末，下個月的房租前幾天已經付過了。理論上退租是應該一個月之前通知的，但我就這樣離開應該也沒有什麼問題吧。因為家具什麼的都好像搬了家一樣，全部清空了。

外面天已經全黑。我沒有手錶也沒有手機，甚至不知道現在幾點。

我一步一步走了好幾站的路，到了大型巴士總站。買了一張深夜高速巴士的票，幾乎花光了身上僅有的錢。

巴士開向自從我於十五歲的春天離開之後，就再也沒回去過的故鄉。

深夜高速巴士載著我和米糠醬和籃子，立刻出發了。

都市的燈火在窗外流逝。

再見了。

我在心裡揮手道別。

閉上眼睛，在此之前發生的點點滴滴，宛如秋風中飛舞的落葉一般在我腦中逡巡。

我自從十五歲離家，就再也沒回過故鄉。

老家是山間的寧靜村落，自然風土非常豐饒，我打心底愛著那裡。然而中學畢業典禮結束的那天晚上，我獨自一人離家。跟現在一樣，搭上了深夜巴士。

在那之後，我和老媽只有互寄新年賀卡的往來。離家數年之後，我收到一張彩色照片，照片上老媽打扮得像是街頭打廣告的藝人，一隻穿著洋裝的豬親密地依偎在她身邊。

我來到大都市，住在阿嬤家。

喀噠喀噠地拉開閉合不良的拉門，說：「我回來了～」在廚房做事的阿嬤就會帶著沉穩的笑容迎接我。

阿嬤是老媽的親生母親。阿嬤住在市郊的一棟老屋裡，過著雖不奢華，卻重視季節更替的平和日子。她說話非常客氣有禮，待人接物溫和親切，但心智卻很堅定，是非常合適穿和服的那種氣質。我很喜歡這樣的阿嬤。

不知不覺間，來到大都會轉瞬就過了十年。

我擦拭滿是水氣的窗玻璃，自己的臉在黑暗中浮現。巴士離開了高樓林立的都市，在高速公路上急馳。

開始跟戀人交往之後，除了瀏海我就沒剪過頭髮。我把頭髮綁成兩條辮子，垂到大約背部中央。因為戀人說喜歡長頭髮的女孩子。

我凝視著黑暗中映出的自己的眼睛，突然把嘴張大。彷彿像一口吞下大量以高速魚的座頭鯨一樣，不斷地吞噬黑白的景色。

就在此時，我感覺似乎和過去的自己四目相對。

雖然只有一瞬間，但我似乎又成為十年前坐在反方向奔馳的深夜高速巴士上，用鼻尖抵著車窗玻璃，夢想著都市燈火的那個年輕的自己。

我慌忙回過神，注視著交錯而過的巴士。然而兩輛車以高速拉開了「過去」和「未來」的距離，車窗玻璃上又佈滿了水氣。

我是從什麼時候開始，決定將來要成為專業的廚師呢。

因為「做菜」這件事，對我的人生來說，就像是黑暗中浮現的夢幻彩虹一樣。

然後我在都市努力生活，終於可以像一般人那樣談笑風生，外婆卻靜靜地離世了。

我深夜從土耳其餐館下班回家，矮桌上放著好多用紙巾蓋住的甜甜圈，外婆在一旁像是睡著了。

我把耳朵貼在外婆單薄的胸前，沒有任何響動。用手覆蓋在她口鼻上，也感覺不到半點氣息。我想她是不會活過來了。我並沒有急著要聯絡什麼人，決定至少跟外婆兩個人共度最後的一晚。

外婆慢慢地變冷變硬。我在她旁邊吃了一晚上的甜甜圈。麵團裡加了罌粟籽，混和著肉桂和黑糖的溫柔滋味，我一輩子也不會忘記吧。

吃著用麻油炸的一口大小鬆軟甜甜圈，跟外婆一起度過的陽光歲月，就像氣泡一般地輕輕浮現。

外婆攪拌米糠醬時青筋浮現的蒼白的手。一心一意研磨時弓起的背。試吃時品嚐著掌心食物的可愛側臉。

這些回憶總是在我腦海中閃爍，反反覆覆，不願離開。

我和印度籍戀人就是在這段消沉的期間認識的。

他在我打工的土耳其餐館隔壁的印度料理店上班，平常是服務生，週末就充當肚皮舞演出的樂隊成員。我到餐館後門倒垃圾的時候常常碰到他，我們都休息或是下班回家的時候，會聊上幾句。

他是個溫和的人，個子很高，眼睛很漂亮。年紀比我小些，會說一點日語。我只要看見他的笑容，聽見他說結結巴巴的日語，就能暫時忘記外婆已經不在這世界上的絕望和失落。

回想起那個時候，我腦中總是重疊著印度和土耳其的美好畫面。膚色淺黑、眼神明亮，典型印度長相的戀人吃著豆子和蔬菜咖哩，背後不知怎地浮現出土耳其的碧海藍天和貼著磁磚的清真寺。

一定是相遇的地方營造了這種印象。

結果我在那家土耳其餐館打工的時間最長。將近五年，幾乎每天都跟正式員工一樣工作，後來跟來自土耳其的正宗廚師們一起在廚房大展身手。

那個時候，別離和邂逅猶如海嘯般席捲而來，無論是體力還是精神方面，光是設法一天過一天就已經竭盡全力了；然而現在回想起來，卻是奇蹟般無可取代的時光。

回憶到這裡，我大大地呼出一口氣。我也得聯絡那家土耳其餐館才行。

蒙上水氣的車窗玻璃，像水鏡一樣映照出深夜高速巴士內的景象。只有十幾名乘客的車內，大家都放倒了椅背在睡覺。我的臉模糊地映在透明微青的闇色中。

馬上就要天亮了。

為了轉換心情，我稍微開了一點窗，看見天際正在慢慢泛白。

風中夾雜著淡淡的海水氣味。

我挺直背脊，看見外面有風車在轉動。寬闊的草原上矗立著好些白色的風車，正快速地旋轉著。

寒意滲入毛孔，我打了個寒噤。我只穿著長袖T恤，及膝的裙子和長統襪，腳尖都凍僵了。

深夜高速巴士很快就要到達終點站了吧。

遠方飄來雨的味道。

我在冷清的車站環形路邊下了深夜高速巴士。

離家彷彿像是昨天的事情一樣，周圍的景色絲毫沒有改變。只不過色彩彷彿是用橡皮擦擦過的彩色鉛筆風景畫般，全都褪了色。

離轉乘的迷你巴士發車還有將近一小時，我到附近的便利店，用僅有的零錢買了單字卡和黑色的馬克筆。只有便利店有嶄新的氣息，地板上還打了臘，閃閃發亮。

我把日常需要的短句，用容易閱讀的字體寫在單字卡上，一句一張。

您好。

早安。

今天天氣真好。

您好嗎？

請給我這個。

非常感謝。

初次見面。

多保重，再見。

麻煩您了。

對不起，很抱歉。

您請。

這個多少錢？

我發覺了一件事。

昨天晚上在售票口要買深夜高速巴士票的時候，不對，是在把鑰匙還給房東的時候，不對，是打開大門發現家裡變成了空屋的瞬間。

從那時起我的聲音就消失了。

簡單說來這可能是震驚造成的一種歇斯底里精神創傷。

只不過，我不是不能說話。

而是聲音徹底從我體內消失了。像是把收音機的音量轉到零一樣，雖然音樂和聲音仍在播放，外面卻聽不到了。

我喪失了聲音。

雖然有點驚訝，但我並不難過。非但不痛不癢，我還有種無聲一身輕的感覺。而且反正我已經再也不想跟任何人說話了，這樣正好。

我想靜靜聆聽只有自己能聽到的心聲。應該要這樣的，一定是。

然而，我活了二十五年，也知道實際問題在於不跟別人交流是無法生存下去的。

我在最後一張小卡上寫道：

我現在因故無法發出聲音。

寫完我就搭上了小巴士。

我搭的小巴士跟在深夜中馳騁的高速巴士不一樣，慢悠悠地前進。天亮之後，我突然餓了。想起還有昨天中午吃剩的飯糰，就從籃子裡拿出來。籃子裡已然只剩下裝著些許零錢的錢包，手帕和衛生紙了。

為了節省生活費，每天早上我都帶著自己做的飯糰去上班。土耳其餐館雖然有員工餐，但並不是免費的。

一切從簡的生活，都是為了存有一天要跟戀人一起開餐廳的資金。這是現在進行式，還是已經成為過去式了，想到這個我的腦中就一片空白。

開店的資金並沒存在銀行，而是藏在家中的壁櫥裡。十萬日幣綁成一束，湊滿一百萬就放進信封裡用膠帶封口。裝著百萬日幣的信封藏在壁櫥裡平常不使用的被褥之間。省吃儉用辛辛苦苦存下來的百萬日幣信封，可不只一個。想到這裡腦子一瞬間又一片空白。

我打開起皺的錫箔紙，露出吃剩一半的飯糰。送進嘴裡，我嚐到了冷冰冰的味道。這是真的和外婆一起醃製的最後的梅乾。

為了防止發霉，我們輪流守夜。在立秋前十八天的時候，整整三天把梅子鋪在緣廊上，每隔幾個小時就替梅子翻面，用指尖揉搓讓纖維柔軟。即使不用紅紫蘇，外婆醃漬的梅子也會漸漸變成粉紅色。

我把最後的梅乾含在嘴裡，一動也不動。梅子的酸味滲入我體內深處。嘴裡的梅子對我而言是跟秘密的寶石一樣有價值的東西。和外婆一起生活的每一天都銘記在我內心深處。我幾乎要落下淚來，卻忍住了喉間的哽咽。

溫柔地帶領我進入料理世界的，就是外婆。

我一開始只是在旁邊看，漸漸地就和外婆一起到廚房去，她教我做菜的方法。外婆雖然不怎麼說明，但在做菜的過程中會讓我試吃。我用舌頭記住了口感、嚼勁和鹹淡。在老家的時候，說到做菜我頂多就是用微波爐加熱，或是開罐頭而已。然而做菜完全不是這麼回事。不管是味噌、醬油還是蘿蔔乾，全都親手製作。我第一次知道一碗味噌湯飽含著小魚乾、柴魚、黃豆和麥麴等眾多的生命時，大吃了一驚。

外婆站在廚房的身影被神聖美麗的光影包圍，我只要在遠處看著她的身影，不管什麼時候都能覺得平靜。光是在她旁邊打下手，就像是參與了某種神聖的任務一樣。

外婆說的「適量」跟「看著辦」，對不會做菜的我來說簡直不知所云。然而我也漸漸地體會到那是什麼意思。外婆用「適當」、「差不多」這種籠統的詞句，來表達非這樣不可的料理最佳狀態。

不知不覺間梅乾在我口中融化，最後舌頭上只剩下小小的核和對外婆的回憶。

城市裡還是殘夏，這裡已經正式進入秋天了。吃了飯糰更覺得冷，我在小巴士最後方的座位上發著抖。雖然想喝點熱的，但現在已經在巴士上了，而且也沒錢。

我把裝著米糠醬的罐子像小孩一樣抱在膝上。這樣彷彿可以溫暖一些。

我把額頭抵在窗玻璃上望向外面。

逐漸遺忘的故鄉地圖，像照片洗出來時那般隨著時間慢慢回甦。我在腦中以前的地圖上，添加了新建的住宅和商店。

小巴士慢慢從鎮上開進了綠蔭密佈的山中。我可能是緊張起來了，心臟噗通亂跳。

巴士每次轉彎，都能稍微看到「乳房山」。兩座高聳的山峰緊緊靠在一起，不僅一樣高，山頂上也都有岩石，遠望就像是仰躺著的女人的乳房一樣，所以村裡的人從以前就稱之為「乳房山」。

乳房山之間，也就是乳房和乳房之間的溪谷，聽說建造了日本數一數二的高空彈跳台。幾年前我看到新聞報導，當時還成為了話題。

在僅容一輛車通過的狹窄山路兩側，都插著上書「歡迎來到高空彈跳之鄉！」的醒目粉紅色旗幟。還有格格不入的大型看板。我覺得一定跟根泥有關係。

下車的時候，我立刻拿出「非常感謝。」的小卡，和司機道別。「歡迎來到高空彈跳之鄉！」的大字在眼前躍動。

陰沉的天空開始悉悉落落地下起雨來。我右手抱著米糠醬罐子，左手拎著籃子，開始走向老家。

途中我想小解，就在草叢裡解決了。這個村落人口不到五千，在山路上碰到別人的機率微乎極微。我小解的時候，不知從哪裡冒出來一隻雨蛙，一直盯著我看。我伸出手指，牠輕快地爬到我手上，觸感冰涼。

我跟雨蛙道別，再度走上山路。沿著杉樹林立的小道前進，一隻豎著大尾巴的松鼠竄過我面前。

乳房山漸漸近了。我從內心深處抖擻起來。

我抱著米糠醬，拎著籃子，在老家門前站了一會兒。村裡的人背地裡叫這棟建築「琉璃子宮殿」。琉璃子是我媽的名字，寬敞的場地除了主屋，還有媽媽經營的小酒館阿穆爾和儲藏室以及田地。在此處和媽媽一起度過的日子，猶如千層派一樣重重疊起。

大門前有一棵好像是新種的大棕櫚樹，垂頭喪氣歪歪斜斜。不知道是不是水土不服，下方的葉子已經枯黃了。這處在森林中開闢出來的空地，原來是老媽的情人，也就是大家通稱為「根泥」的所有物。

看起來像是從空中灑上一層灰一樣整體黯淡的建築物，只在顯眼的地方花了點錢裝修，其實是偷工減料的便宜豪宅。一直到現在，要是能用推土機把它夷為平地的話，我要粉碎一切。

「根泥」是在我們這裡小有名氣的根岸恒夫水泥混凝土建築公司的社長，從我還是小學生的時候，大家就叫他根泥了。我是媽媽的私生女，生下來就沒有爸爸，但不管我爸是誰，只要不是根泥就好。

我盡量不引起老媽注意，靜悄悄地走過主屋跟小酒館阿穆爾前面，然後直直朝後面的田地而去。

我下了一個賭注。

如果能夠挖到老媽的私房錢，我就要捲款潛逃，再一次跑到沒有人認識我的地方去。老媽完全不相信銀行，所以把裝著錢的香檳瓶子埋在田裡。我曾經在夜裡偶爾看見，所以知道。但要是找不到的話……

我走進田裡。天空越來越陰沉，大粒的雨點像冰雹一樣劈里啪啦地落下來。真的開始下雨了。

老媽對務農分明沒有半點興趣，田裡卻種著菜。可能是根泥其他的情人裡有人種菜吧。眼前芋頭的大葉子茂密蓬勃。此外還種著蔥和白蘿蔔、胡蘿蔔等等。我突然想要立刻下廚了。但是，現在不是做那種事的時候。

我在特意豎立著稻草人的地方開挖。

大部分人都會覺得，不至於有人把貴重物品故意埋在這麼引人注意的地方吧。但是我媽就是要大膽地跟多數人對著幹。

然而我的期待落空了。地下深處出現的是我以前埋的寶箱。

一開始都是泥巴我沒注意到，撥開泥土後，我發覺那個餅乾盒很眼熟。

我戰戰兢兢地打開寶箱的蓋子。

裡面也都生滿了鏽。

然後我跟充滿了回憶的東西時隔許久再度會面了。

水槍是我以前總是帶在身上的。裡面裝了果汁，拉開距離朝嘴裡射一槍；或是朝在廟會上買來的烏龜噴水，同時也用這支水槍來澆花。溜溜球則是我以前無聊的時候最喜歡玩的。我會爬上家附近我喜歡的無花果樹，坐在舒服的枝枒上，然後玩溜溜球。還有上面寫著「老媽」的白色小石頭。這是在老媽惹毛我的時候，用力扔在水泥地上出氣的重要工具。我還在石頭背面用蠟筆畫了跟老媽相似的眼睛、鼻子、嘴。

除此之外還有貓熊玩偶，第一次吃到的外國巧克力漂亮的金色包裝紙、帶著清爽甜味的橡皮擦，路邊撿的蝴蝶翅膀、蛻下的蛇皮、吃完的蜆殼和蛤蜊殼等等，一大堆現在看來無關緊要的東西。

我拿著這些東西站在田裡。閉上眼睛就彷彿回到了那個時候。吃點心、吃飯、看電視、寫作業、洗澡、睡覺、無論做什麼都是自己一個人的當年。

畢竟老媽總是在小酒館阿穆爾跟客人賣弄風情，忙得要命。

我心血來潮想玩一下很久沒玩的溜溜球，正把線捲起來的時候，主屋的玄關傳來很大的聲響，一坨白色的圓球全速朝我衝來。原來是我只在那張賀年卡上見過的豬。牠像鬥牛一樣衝向我。

啊！我還沒來得及反應過來，白豬就已經到我面前了。我離開家之後，老媽就一直跟這隻豬一起生活。豬比我在照片裡看到的大多了，近看更加魄力十足。

我本能地拔腿就跑。豬比我意料中跑得還快。我拚命逃跑，一直被田裡的菜絆到，幾乎摔倒。

半路上我掉了一隻鞋子，即便如此我還是繼續奔跑。每次豬的鼻子碰到我屁股，我都害怕牠會吃了我。豬是雜食動物，搞不好真的會吃人。我衣服上都是泥巴，本來就沒什麼體力，沒一會兒就上氣不接下氣，癱倒在地上。

然而，最糟糕的還在後面。老媽聽到騷動，從屋裡跑出來大喊：「有小偷！」她是過夜生活的人，可能剛剛才睡醒吧。老媽穿著蕾絲睡衣和黑色長靴，手裡拿著鐮刀朝我跑過來。她還沒認出是我。

十年不見，完全沒化妝的老媽輪廓很深，看起來像是穿著女裝的整容中年男子。我沒有發出聲音，以沉默來對抗。田裡泥土的氣味混合著老媽的香水味，讓人感到噁心。

倒在地上的我，肚子正要被鐮刀劈開的瞬間，視力不好的老媽終於發現了是我。

回過神來，雨勢已經很大，還吹起了強風，簡直跟颱風一樣。老媽跟我都渾身濕透。老媽沒穿胸罩，胸部在薄薄的睡衣下一覽無遺。還是跟以前一樣，猶如乳房山一般高聳。

我完全忘記了還有單詞卡，坐在田間張著嘴呆看著她。老媽的肩膀劇烈地上下移動，嘴裡像噴火的怪獸一樣，吐出白色的煙霧。

一瞬間我們四目相對。但是老媽什麼也沒說，掉頭就朝家裡走去。走到玄關的時候，老媽轉向我，下顎微微動了一下。那頭豬慢慢跟在老媽後面，彈簧般的尾巴搖啊搖地。

我的衣服已經滿是泥巴了。

不但沒找到期待中的老媽私房錢，甚至還被老媽逮個正著。真是最糟糕的結果。事已至此，就不可能去其他的地方開始新生活了。因為我連搭小巴士回車站的錢都沒有。我能去的地方真的只剩下這裡。

我下定決心站起來。先把剛才挖出來的寶物箱埋回去，然後撿回掉了的那隻鞋，兩手分別拿著米糠醬罐子和籃子，不情不願地走回老家。我嘴裡都是泥巴的味道。

十年以來第一次踏進老家。

豬住在主屋旁邊加蓋的豪華豬舍裡。

豬舍的門上掛了寫著「愛瑪仕」三個大字的牌子。

洗完澡後，喝著老媽泡的微帶酸味的即溶咖啡，我用報紙裡夾帶的廣告紙背面和老媽筆談。老媽借我她的睡衣穿。睡衣的纖維，都染上了強烈的香水味。

不知怎地老媽也不說話，用顏色不同的原子筆在廣告紙背後跟我對談。

我已經忘記了老媽的字很好看。而我卻因為緊張而無力，只能寫出又小又醜，像是快死的蚯蚓一樣的字。

我們圍著暖桌面對面坐下，輪流寫字。我和老媽之間橫亙著高不見頂的十年時間之山。

我們在啪嗒啪嗒猶如鞭笞般的雨聲中，筆談了一個多小時。

我一文不名，試著跟老媽借錢，但不出所料立刻被拒絕。不過老媽顯然覺得不能讓親生女兒變成無家可歸的流浪漢，於是不情不願地答應讓我住在家裡。

條件是要我照顧愛瑪仕。

當然，飲食水電和房租都得交。

因此我必須工作。但是即便我要找工作，這裡是偏僻的農村。連高空彈跳台的工作人員應該都擠破頭了。

我絞盡腦汁思索，突然靈光一現，要不就租這裡的儲藏室開個食堂如何？雖然說是儲藏室，以前卻是根泥當作展示間的建築，像模像樣，裡面也很寬敞，用來當儲藏室是可惜了。

而且說要找工作，我除了做菜之外，什麼也不會啊。

但是做菜我可以，這點自信是有的。

要是能在這寧靜的山村裡做菜，這次應該可以落地生根好好活下去吧。

這種預感像岩漿一樣從我體內深處湧出。

家具、廚具、身家財產已經全部沒了。但是我還有我自己。

梅乾蜂斗菜金平燒、香醋燉牛蒡、加上大量蔬菜的散壽司、用高湯烘托的軟嫩茶碗蒸、只用蛋白凝固的牛奶布丁、黃豆饅頭等等這些外婆教我的食譜，全都留在我的舌尖上。

咖啡館、居酒屋、燒烤店、有機餐廳、人氣咖啡廳、土耳其餐廳……我在這些餐飲業累積的經驗，已經像年輪一樣深深刻進了我的骨血和指間。

就算扒光衣服赤身露體，我也能做菜。
我下了一輩子一次的決心，跟老媽說：
「拜託了，我會盡力的，可以把儲藏室租給我嗎？」
我寫下這句話，恭敬地遞給老媽。
然後我把雙掌平貼在榻榻米上，深深地低頭行禮。
「那就不要半途而廢，好好做到底。」
我抬起頭，老媽流暢的字跡躍入我眼中。
老媽確定我看清楚了，就打著呵欠回自己的臥室睡回籠覺去了。

就這樣，我決定在寧靜的山村裡當廚師。

開店資金由老媽提供，利息跟高利貸有拼。

自己開店是我長年以來的夢想。

我失去了包括戀人的一切，傷痛難以計量；然而也以此為契機，得以邁出人生的一大步。這種演變是我一天之前作夢也想不到的。

我走進久違的自己的房間。

我以為老媽會把東西丟光，沒想到房裡跟我離開時一模一樣。我打開衣櫃，脫掉老媽借我的睡衣，換上裡面的運動服。兩側白條從上衣延伸到褲子的紅色運動服，經過十年雖然有點緊，還是能穿的。

我立刻把帶回來的米糠醬罐子，放到主屋廚房通風涼快的地方。

老媽的廚房還是跟以前一樣亂七八糟。水槽有點髒，洗碗的海綿上沾著食物殘渣，垃圾也沒分類。餐桌上堆著本地特有的泡麵。

這跟外婆非常重視的廚房大相徑庭。我稍微看了一下抽屜，海苔因為放置過久已經失去了光澤和脆度，軟巴巴地躺在透明塑膠袋裡。我當作沒看見，闔上了抽屜。

但是這一點不愉快，完全比不上我保住了米糠醬那種充滿溫暖的感激之情。在此之前我一直太過緊張，完全沒有餘地想到這件事。

米糠醬是外婆的遺產。

這麼說也不為過。

它逃過了地震和戰爭。

和外婆一起察看米糠醬時，外婆總是驕傲地這麼說。生於大正年間的外婆，說米糠醬是她的母親傳給她的，那大概是明治時代，甚至可能從江戶時代開始流傳至今的米糠醬。現在就算想做也做不出，想買更沒處買。把蔬菜放進去，就能成為令人喜悅的佳餚。是猶如魔法一般的米糠醬。我接手之後，會加入一些取過高湯後的柴魚片和小魚乾、柑橘的皮等等，總是細心攪拌。有時候讓它喝點啤酒，吃點麵包，活化乳酸菌。

每個人身上的乳酸菌都不一樣。不記得是什麼時候，外婆曾經自傲地跟我說過，女人手上的乳酸菌比男人的好，特別是生過孩子的女人。

我輕輕打開米糠醬罐的蓋子，聞到外婆的味道。

我等待雨停，到附近走走。

滿腦子都是即將要開張的新店，各種主意一個接一個地冒出來。現在不是睡覺的時候，我頭腦也很清醒，並不想睡覺。而且我很想去看一棵樹。

沿著通往後山的路，我一直走到記憶中的那個地方。那裡有個小山丘，上面有一棵特別大的無花果樹。這十年來我沒想過老媽，卻很懷念這棵無花果樹，在夢中找尋過無數次。

對我來說，真正能夠交心的，不是老媽、也不是同學，而是山間的大自然。

我已經滿二十五歲，體重也增加了，但還是能跟以前一樣爬上樹。經過十年，樹幹粗了一些。枝枒也變結實了。我覺得無花果樹好像也很高興能再見到我。

我把耳朵貼近樹幹，有一點溫度。樹枝像是裝飾豪華的耶誕樹一樣，綴滿了翡翠色的果實。我伸出手指觸摸，每一顆都很飽滿，就像是雙手抱膝蹲在地上的小孩背部一樣。

像洋蔥皮一樣半透明的雲膜貼在天空上。剛剛經過驟雨洗禮的樹木花草都閃閃發光。

雖然建造了高空彈跳台，但從這裡看去的風景跟十年前幾乎沒有改變。

我從口袋裡拿出剪刀。左手攬起瀏海，右手拿著剪刀從上方剪下去。瀏海帶著清爽的沙沙聲離開了我的身體。

不只是瀏海，兩側和後方的頭髮我也用左手束起，乾脆地剪掉。能輕一公克都是好的。剪掉的頭髮從我手中掉落，隨風飄散，落在地面上。

廚師不需要長頭髮。我用手指當梳子隨意梳理了一下，把頭髮剪短。原本垂到背部中央的長髮，一下子就變短了。我的腦袋輕了許多。

剪了頭髮，我晃著雙腿眺望遠方的乳房山。

「喂～」

底下突然傳來男人的聲音。

我從無花果樹茂盛的枝葉間往下看，穿著米色工作服的熊桑站在那裡。

他的長相跟石頭一樣冷硬，但其實人很好。聽說他本名叫做「熊吉」，但這裡的人大家都叫他熊桑。

熊桑在我小學的時候當過學校的臨時職員，是孩子們的偶像。冬天下雪的時候，熊桑會清除通學路上的積雪，開運動會的時候替我們做準備，破掉的窗玻璃也是他換的。

「哎喲喲～～這不是小輪子嗎？」

這個瞬間我覺得體內都變酸了。

我很不喜歡老媽給我起的名字。違背倫理跟人偷情生下來的孩子叫做「倫子」，簡直太過份了。幸好這裡的人鄉音重，把倫子叫成輪子，多少讓我好過了一點。

熊桑走到我正下方，抬頭盯著我看。

「長大了，變成美女啦！」

我急忙從口袋中掏出單詞卡片。

我現在因故無法發出聲音。

我翻到最後一張，給下面的熊桑看。

熊桑從胸前的口袋裡摸出老花眼鏡，定睛看了一下，不知道是字太小看不清楚，還是不明白這是什麼意思，他再度抬頭看著我。然後好像想起了什麼說：

「睡鼠。」

我從無花果樹上跳下來，和熊桑一起盤腿坐在潮濕的土地上。

溫暖的秋天陽光如雨露般灑落在我和熊桑的臉上。剛才下過的大雨彷彿沒發生過一樣。

睡鼠。

那天我為什麼嚎啕大哭啊。我一個人在學校的走廊上哭，路過的熊桑跟我說話，還背著我了去平常不能進去的職員室。我家裡沒有男人，那時覺得熊桑的背真是又寬又溫暖。

有點陰暗還有點怪味的狹小空間裡，放置著很多平常不可能接觸到的工具。爐子上的水壺正在噗噗地冒著白氣。

「小輪子，妳見過這個嗎？」

我緊張得渾身僵直，熊桑從架子上拿出雙耳鍋，走到我前面，打開蓋子讓我看。裡面有一隻咖啡色的小動物。

「這是睡鼠喔。」

熊桑說。

「睡鼠？」

我抽抽噎噎地說著，抬頭看去，熊桑皺著臉笑起來。他伸手把睡得正沉的小鼠撈起來，放在我手心上。

睡鼠動也不動，繼續呼呼大睡。不知不覺間我已經停止哭泣了。

這件事我早就已經忘記了，當時睡鼠在手中的感覺突然浮現出來。從那時起我和熊桑就成了好朋友。

我從熊桑手裡接過單詞卡，翻到：

您好嗎？

然後遞回給他。熊桑默默點點頭，開始跟我說起我不在的這些年，村裡跟他自己的發生的事。

熊桑好像在我進城去之後娶媳婦了。他雙眼發光，說老婆是阿根廷人，長得好看性格也好。

熊桑叫他太太希紐莉塔。我覺得本來應該是仙紐莉塔的，不知道是他的鄉音還是本來就搞錯了，反正我聽起來就是希紐莉塔。

希紐莉塔好像比熊桑小很多。

他們結婚之後，一開始在熊桑的老家跟他媽媽同住。然後立刻就懷上了孩子。熊桑給我看一個大眼睛的可愛小女孩的照片。

但是，理想的婚姻生活並沒有持續多久。熊桑的媽媽和希紐莉塔婆媳不和，希紐莉塔本來就嚮往都市，後來就帶著女兒離開村裡了。

熊桑家世世代代都住在這裡，是紮了根的山村子民。山裡的事情雖然無所不知，山外的事情卻幾乎一無所知。要是離開了故土，不知道能不能生活下去。

而且，他不能拋下老母親。於是熊桑放棄了去追心愛的希紐莉塔，留在這個寧靜的山村裡。現在他跟年邁的母親和他稱之為「熟女」的一頭母羊，一起過著孤寂的生活。

熊桑站起來，從工作服的胸前口袋掏出橡實來給我。橡實圓滾滾的，表面光滑，兩顆在手裡盤著，碰撞時發出響板一樣的聲音。

非常感謝。

我急忙取出單詞卡翻找，讓熊桑看。

熊桑露出「這不算什麼」的笑容，寬闊的背部微微晃動，沿著山路走回去了。

他走路的時候左腳有點瘸，那好像是以前跟一隻公黑熊搏鬥留下的動章。這可是熊桑的英勇事蹟之一。

「橡實泡燒酒，對割傷很有效喔——」

山路走到一半，熊桑轉身大聲說道。他圓圓的臉跟當年讓我看睡鼠時一樣，帶著皺皺的笑容。

我站起來，慢慢走向無花果樹旁邊的小溪。剛才亂剪了頭髮，還是想確定一下到底成了什麼樣子。我跪在雜草叢生的岸邊，戰戰兢兢地望向河面。已經變成短髮的我回望著我。

氣質跟以前完全不一樣了，但確實是我的臉。我用手指順過頭髮，以前長長的髮絲會纏繞在指間，現在手裡立刻就空空蕩蕩的。

我覺得或許這樣也不錯。就像把蛋白做成蛋白霜一樣，心情都變得輕飄飄的。

我用手舀起河水啜了一口，味道乾淨清純。我用潮濕的手再度整理頭髮，站起身來。從無花果枝枒間灑下的陽光，在小溪底跳躍舞動。

我帶著輕鬆的心情回村裡散步。

繼續剛才從公車站走過來的路往前，每隔十分鐘左右就聽到「呀——」地一聲慘叫。一開始我以為是出了什麼事故，大吃一驚，但後來想想那是高空彈跳台傳來的響徹山谷的叫聲。

螳螂、五葉木通、地榆花都跟以前一模一樣。民宿和旅館外牆的污漬和鏽蝕增加了，但窗邊還晾著不少毛巾，由此可見還在營業。路邊的地藏菩薩也圍著漂亮的布巾，罐裝酒的空瓶裡插著盛開的鮮豔菊花。當供品的饅頭也有新鮮的光澤。

蓋在溪邊的公共澡堂。冷清的脫衣舞小屋。自動販賣機。

全部都是令人懷念，但又想一把攢在手裡捏碎的景色。

我穿越馬路，經過幾家商店並排的商店街。拱頂上處處有鏽蝕，看得到青空。這裡以前曾經是繁榮的溫泉街。幾十年前突然因為「秘湯」而名噪一時，來自全國各地的觀光客紛紛湧入。但是這裡本來就交通不便，即使來了大量的觀光客，也沒有相應的住宿設施可以接待，本地無法應對，所以熱潮很快就過去了。現在雖然是白天，大部分商店卻都拉下了鐵門。我突然想起外婆非常寶貝的賽璐珞娃娃。把那個娃娃放倒，就會發出小小的聲音，閉起眼睛。但是眼睛沒辦法緊閉。

商店街的鐵門也跟娃娃的眼睛一樣，最下方微微開啟，雖然店沒開，但裡面一定有人住吧。我仔細打量每家店的外觀，信步而過。

走過村裡唯一一家糕餅店前面，從通風口飄來甜甜的香味。略帶著霧氣的櫥窗裡，陳列著跟以前一模一樣，好像標本似的草莓蛋糕和蘭姆酒蛋糕。以前老媽喝醉了，會在我睡覺時塞進我嘴裡的杏仁布丁，也是這家店的。可能是換了下一代經營吧，店裡的人是我不認識的女性。

糕餅店隔壁是炸豬排店。但是這家店沒開。鐵門上張貼著黑框白底的訃文，上面用原子筆草草寫著「暫停營業」，看日期已經是去年的事了。

書店和眼鏡行跟豬排店一樣已經關門大吉。本來是書店的地方成了錄影帶店，但是店裡幾乎沒有正常的片子，門口和櫥窗上貼的都是穿著性感內衣的女人海報。只有旁邊跟郵筒一樣矗立的「愉快家庭計劃」販賣機一如既往。

馬路斜對面，村裡唯一一家超市仍在默默營業，日用品應有盡有。

這裡像是沉沒在海底時間靜止的小鎮一樣。超市的燈飾像生命維持裝置一樣一閃一閃。

即便如此，剛才看了一圈，這裡應該不缺乏食材。田裡有沉沉下垂的金色稻穗，因為是山村，新鮮蔬菜多得可以分給野生動物。不用跟在都市裡一樣買淨水器或礦泉水，附近的山泉就二十四小時提供冷冽乾淨的用水。

廣大的牧場有牛羊和山羊。新鮮牛奶少不了。應該可以挑戰做乳酪。再走遠一點還有養豬場和養雞場，新鮮的豬肉、土雞和土雞蛋都唾手可得。而且馬上就要進入狩獵的季節了。拜託獵人的話，應該可以得到他們打到的獵物。而且這裡雖然是山村，卻離海很近。開車去海邊就可以買到新鮮的魚蝦海產。

山背面的陡坡上有葡萄園，本地產的葡萄酒可不能放過，因為有好米和好水，這裡生產的美味日本清酒多不勝數。此外應該還有果樹園跟香草田。我覺得這個山村雖然不起眼，但一定有腳踏實地一直好好生產食材的人。在鄉下難以入手的高級橄欖油和其他特殊的食材，就網路上郵購吧。老媽也跟其他人一樣會上網的，應該可以跟她租電腦來用。

放眼望去，大海、高山、河流、田野。

全都是食材的寶庫。跟城市比起來，簡直是作夢一般得天獨厚的環境。

新店形形色色的主意已經在我腦中拼成了馬賽克。

我驀地抬起頭，太陽已經即將下沉在綿延的山脈後。

像是新鮮雞蛋的蛋黃般，濃稠的橘色太陽。

在都市高樓間的夕陽也很漂亮，但這裡的太陽像是大自然在展現二頭肌一樣，看見如此莊嚴的夕陽，人類就不會妄想用自己的力量隨意扭曲大自然了吧。我小小的身體拉出棒狀的長影。

夜晚的氣息從森林深處傳來。

我急忙沿著石板小路走回去，以免被黑暗吞噬。

現在老媽已經出門去小酒館阿穆爾了吧。

那是在完全被「夜晚」支配的深夜發生的事。

算起來已經超過整整一天沒睡覺的我，累得倒頭就睡，但卻突然被貓頭鷹的聲音驚醒了。

我沒拉窗簾就睡了，正方形的小窗框裡，只有一顆星星閃閃發光。像是我只要打個噴嚏就會消失不見的微弱光芒。

一開始我沒想到那個聲音是「貓頭鷹阿公」。

因為我已經離家十年了。

牠不可能還活著吧。我以為牠一定已經死了。

我急忙看了一下時間。正確得讓我起了雞皮疙瘩。

牠不僅還活著，而且還準時午夜十二點鳴叫。簡直是奇蹟。

我數著牠的叫聲，果然是十二次。

貓頭鷹阿公是以前住在主屋閣樓裡的貓頭鷹。從我小時候開始，就每天晚上整十二點，叫十二次。咕——咕——咕——咕——……。而且節奏跟節拍器一樣穩定。

這準確得簡直只能稱之為超能力。我記得自己幼小的心靈深深感覺到動物的神奇。

老媽相信貓頭鷹阿公是這個家的守護神，我也毫不懷疑。一直到現在都沒有人真的看到過牠，這更加深了貓頭鷹阿公的神聖感。沒想到貓頭鷹阿公還活著！

十年前我隨隨便便就離家，然後現在失戀了又隨隨便便地回來，在這麼多年間，貓頭鷹阿公一直在這裡，每天都同樣報時。

貓頭鷹阿公已經是我尊敬的對象。能得到貓頭鷹阿公的守護，讓我非常有安全感。

回想起來，我小時候半夜孤單寂寞時，常常想起閣樓裡的貓頭鷹阿公，就能安心睡著。

我被一種非常安心的感覺包圍著。這次非常安穩地把眼睛閉上。就這樣，我漫長得既像終結又如開始，後來想起來是非常值得紀念的一天，就這樣靜靜地落幕了。

在那之後，日子就像飛過乳房山溪谷的遊隼一般飛快地過去。在餐館打工的時候也很辛苦，但現在有過之而無不及，是我四分之一世紀的人生中最忙碌的時光。

我不是不會想起曾經一起生活的戀人，但實在已經顧不上了。

我的一天從照顧愛馬仕開始。老媽給我的飼養手冊上，詳細記載著愛馬仕吃的東西和其他注意事項。裡面有些很好笑的地方，比如說飼料的量，「餵得太多就會變成豬」這種。也就是說對老媽而言，愛馬仕不只是一隻豬吧。

我以為「愛馬仕」這個名字是喜歡名牌的老媽隨便取的。結果卻是豬的品種Landrace（長白豬）的「eru」，和表示雌性的「mesu」結合在一起的造詞。

根據老媽的養豬指南書籍，長白豬是丹麥培育出來的，是做為英國早餐桌上培根的改良品種。頭很小，軀體比較長，呈流線型的白色豬種；跟類似的大約克夏和中約克夏相比，特徵是臉比較長，耳朵下垂。

愛馬仕這個名字確實有特色，長相也十分優雅。都說豬很愛乾淨，確實如此。牠進食的地方和排泄的地方都是固定的。

根據飼養手冊，愛馬仕是出生四星期之後被老媽收養的。母豬大概有十四個奶頭，小豬仔出生之後立刻以實力佔用自己專屬的奶頭。出奶比較多的奶頭由強勢的小豬仔獨佔，比較弱小的豬仔就會營養不良，更加衰弱。

在兄弟姊妹的競爭中敗下陣來，離乳之後進食不足的豬就會營養不良，愛馬仕就是這樣。出生的時候只有一公斤，老媽領養的時候才三公斤左右，比平常的小豬小很多的樣子。本來會直接送往屠宰場的，幸好被老媽領養了。

不知道是不是因為小時候營養不良，愛馬仕出生四個月之後到了發情期，也沒有發情。在那之後也沒有交配生小豬，就這樣跟老媽一起住在琉璃子宮殿裡。

屋後的田地也是讓愛馬仕使用的。那種獨特的氣味就是愛馬仕的糞便，加上有堆肥場，田裡的蔬菜才能長得那麼好。

老媽對人吃的東西根本不講究，但是卻只讓愛馬仕吃有機食品。屋後的田裡的蔬菜當然無農藥也不用化學肥料，其他的食物也是非基因改造的玉米和黃豆粉之類的植物類混合飼料。最誇張的是，老媽甚至把天然酵母做的手工麵包當成愛馬仕早餐的甜點，麵包還是從東京有名的麵包店郵購的。

可能是吃得太好，愛馬仕的毛皮很有光澤，尾巴也總是圈成小圈圈，臉上也總是掛著好像微笑似地幸福表情。

然而我並沒有購買那種高級麵包的經濟能力，只好自己做。

剛好現在季節合適，我跟熊桑討了一些他家院子裡種的無農藥酸甜蘋果，用來製作酵母。

晚上就寢前先把麵團揉好，早上天一亮就起床，一面聽著此起彼落的鳥鳴，一面把成形的麵包放進烤箱。這很辛苦，但我自己挺喜歡做麵包的、只要能融入每天生活的規律中，就不覺得辛苦了。

一開始愛馬仕好像能分辨出材料、形狀和味道的微妙差異，不肯吃我做的麵包。即便對方是豬，但不肯吃我特地花了功夫做的東西還是讓我很失落。我想盡量慢慢改良，直到牠願意吃為止。

我在老媽的飼養手冊上看到，愛馬仕喜歡樹木的果實，我想試著在麵團裡加橡實可能不錯。就這樣，牠終於肯吃我烤的麵包了。

在那之後我就在天然酵母做的麵包裡加進森林中撿到的果實，做成愛馬仕喜歡的麵包，漸漸地我也對牠產生了親近感。

看著輕輕鬆鬆超過一百公斤，圓滾滾的愛馬仕專心叭嗒叭嗒吃著我做的麵包，竟然覺得像是看著自己親妹妹一樣，有點不可思議的感覺。雖然我很反感溺愛愛馬仕的老媽，但不知怎地對被老媽溺愛的愛馬仕，我卻生不出嫉妒的感情來。

愛馬仕大吃特吃的時候，我就穿上長靴打掃豬舍。

豬很怕熱，所以豬舍的上方要打開通風。冬天的時候用壓克力板蓋住，多少有點禦寒效果，但還是每天都要打開一次換氣。水泥地面上鋪著木屑和稻殼，每天早上把這些和糞便一起掃起來裝進水桶，拿到田裡的堆肥場。

清掃完畢之後，我就自己隨便吃點早餐，開始為即將開張的新食堂做準備。只有食堂這個形式是一開始就在腦中決定的。不是咖啡廳，也不是酒吧、居酒屋，就是「食堂」。

我用碎布縫成桌巾，去鎮上購買跟形象相符的椅子，和老媽借電腦，在網路上購買料理用具，每天事情多得做不完。

在此期間我當然一個字都沒跟別人說過。全部都用筆談、手勢和動作來表達。雖然很忙碌，但每天心情都很好。

然後親自幫我準備這一切的就是熊桑。熊桑一家世世代代都居住在這裡，人脈很廣不說，對大自然也非常瞭解，對我而言是這陌生故鄉的顧問。即使碰到困難，只要拜託熊桑，幾乎都能解決。

食堂的內部裝潢也幾乎都是我和熊桑一起完成的。

伐木、搬運木材，釘釘子這種需要力氣的工作都拜託熊桑，我自己則刷油漆、打蠟、貼磁磚。一旦開始做我腦中就會浮現無限的創意，我們倆每天都埋頭苦幹到太陽下山，然而還有做不完的事。

周圍的山林一天一天變了顏色，白天越來越短。

我想把新開的食堂做出雖然是第一次來，卻彷彿在哪裡見過一般的不可思議的空間。

讓所有人都能放鬆地回歸自我，秘密的洞窟般的地方。

我想讓室內的裝潢溫和又可愛。

花了大約一個月的時間，氣氛符合我腦中形象的食堂完成了。

地板是水泥地面鋪上軟木，然後再鋪陶土紅磚，冬天的時候用暖色系的可愛地毯。餐桌則是熊桑送我的，他作木工的父親生前做的栗木桌。雖然年代久遠，但是有種既非東洋也非西洋的獨特氛圍，顏色已經褪成了好看的麥芽糖色。

椅子是我在鎮上的舊貨店找到的，據說以前是演奏廳用的小木椅，座位的部分是細繩編織的。我把木頭的部分漆成土耳其藍，就變成了非常迷人的座椅。

室內的牆壁是在灰泥的天然素色上塗成帶點橘色的淺黃色。然後讓熊桑替我跟住在村裡的外國藝術家溝通，在最裡面的牆壁上，用跟法國畫家讓・科克托一樣輕柔的筆觸，畫了一尊有天使翅膀的觀音像，跟整個空間融為一體，看起來就像從遠古時代就在這裡一樣。

熊桑從隔壁鎮上的廢棄中學那裡，搞來了一個燒柴的爐子。然後我最喜歡的是本來被扔在熊桑鄰居家的庫房裡，大正時代手工製的蠟燭玻璃吊燈。

桌子雖然一張就夠了，但我覺得一定要擺一張沙發床。這樣要是客人吃飽了想睡，就能立刻躺下，開車來的客人喝了酒，也能在這裡休息。要是我跟老媽吵架被趕出門，也可以住在食堂裡，這樣一來就安心了。

沙發床是用幾個裝葡萄酒的箱子拼起來的。箱子是附近城鎮開的大型量販店免費送的，熊桑開著小貨車幫我運回來。我在上面鋪了網購來的鄉村風格小花墊被，還用同樣的布料做了抱枕放在上面。被子則是澳大利亞的格子毛毯。

洗手間的牆面上都貼了磁磚，我用顏色不同的磁磚拼出了兩隻鳥。雖然是即興之作，但有種樸實的感覺，反而很舒服。不管食物有多好吃，要是洗手間不乾淨的話，一切就完了。其他地方我都盡量節省，只有洗手間花了重金，置辦最新的免治馬桶。牆上開了個小窗，是個非常舒服的空間。

食堂和村裡的道路間，我用河岸邊顏色不同的小石頭拼成「Welcome」這個字，兩側則種了我喜歡的覆盆子、藍莓和野莓。食堂的外牆是拜託本地的泥水匠，把陳舊的瓦簷打碎，混在水泥裡，漆成深粉紅色，然後鑲嵌上附近海邊撿到的貝殼當裝飾。

對食堂的印象影響重大的大門，是我在網路拍賣上搶到的。原本「根泥」的展示間當然有大門，但那是鋁製的，跟食堂的氣氛不搭。我選的是深褐色的倒U字形的法國門，釘上從山裡撿到的看起來有點像蜥蜴的鐵塊當門把。

自己和熊桑趕工做出來的食堂的氣氛，我非常滿意。

等食堂真正開張營業，在慢慢完成室內裝潢即可。

我工作的廚房多虧有熊桑幫忙，比想像中還要完美。我立刻把帶回來的米糠醬罐子從老媽髒亂的廚房，搬到自己乾淨的廚房裡。

我對廚房最大的要求就是明亮乾淨，用得順手。

我做菜只用最低限度的工具，所以不需要洗碗機，微波爐和電飯鍋。一定要有的只有冰箱、流理台、瓦斯爐、烤箱而已。這些我都從不久之前關門的中華料理店便宜收購了。

連水槽都跟新的一樣閃閃發光，不知怎地連尺寸都很適合嬌小的我。用白鐵桶刻苦做出來的換氣扇也有種童心未泯的感覺。最棒的是西邊的牆壁整面換成玻璃牆，可以一面做菜，一面沐浴在美好的光線下。

打開門外面就是我種的香菜園。天花板是熊桑用間伐材幫我做的樑，可以隨便掛上山裡的藤蔓編的籃子。

我之前打工見過不少廚房，這麼完美的廚房還是第一次。幸好有老媽借我錢，設法買到了專用的菜刀，這樣最基本的料理用具就齊全了。

餐具雖然數量不多，但都是拿得出手的東西。

老媽把塞在壁櫃裡塵封的餐具全送給了我。雖然老媽沒用過，但那卻是她的母親，也就是外婆特別為她置辦的。其中包括大正時代和維多利亞時代的彩色杯子，相當於唐朝時期的越南大瓷碗，古伊萬里的小碟，義大利老牌理查德基諾里的雪白湯碗，甚至還有已經停產的古老巴卡拉水晶香檳杯。每一件餐具裡面都貼著外婆那熟悉的字跡寫的說明字條。

老媽非常難得地把這些東西當成開張賀禮送給我。老媽和我的價值觀恰恰相反。多年來這一直都讓我很難受，但現在卻讓我感恩戴德。老媽覺得是垃圾的東西，卻是我的無價之寶。

我覺得所謂女系家族的氣質，可能一定是隔代遺傳的吧？

也就是說，老媽對端正賢淑的外婆叛逆，選擇了離經叛道的人生；然後被老媽養大的我，也叛逆地選了跟她相反的人生方向。就像下不完的黑白棋一樣，母親塗成白色的地方，女兒就拚命抹黑，然後孫子又努力塗白。

我把餐具收在原本在儲藏室的茶具小櫃裡。用濕布稍微擦拭一下表面跟內部，茶具櫃就又好看起來了。我把它放在客人吃飯時能眺望乳房山的窗戶下面。

食堂已經進入開幕倒數計時的階段。

有一天，熊桑開著成人用的三輪車來了。電動三輪車可以不消耗體力，輕鬆地運送沉重的物品。這輛特別的三輪車應該有個正式名稱的，但我不知道叫什麼。後方兩個輪子，承載著一個大籃子。前面車把上還有後視鏡，可以看到後方的狀況。

熊桑握著這輛成人三輪車的手把，開心地笑著說：

「這是送小輪子的禮物～以前是給希紐莉塔的，現在已經用不上啦～小輪子，這就給妳用吧？」

然後他說，「油漆借我一下～」就拿我用來漆椅子的土耳其藍油漆，開始替有點生鏽的電動三輪車上漆。

但是我不好意思，一再拍熊桑的背，拚命揮動雙手表示不行。因為這可是熊桑深愛的希紐莉塔留下的紀念品啊。我一個外人收下真的不好。

我想告訴他我的想法。然而他不理我，生鏽的成人電動三輪車不一會兒就變身成了可愛的土耳其藍小車。接著熊桑遲疑地問我：

「對了～店名要叫 Amour 嗎？」

我大驚失色，拚命不斷擺手示意不可。

開店準備忙昏了頭，重要的事情都忘得一乾二淨。但是我絕對、絕對不要用 Amour 這個名字。要是取這種名字，花上一個月跟熊桑一起打造的這個空間，就完全毀了。

深夜我回到家裡，在被窩裡一直思考這件事。然後在十二點整聽著貓頭鷹阿公的報時聲，突然靈光一現。

就叫「蝸牛食堂」如何？

要不了幾秒鐘，我就完全確定新開張的食堂一定就叫做「蝸牛食堂」了。

就是這樣！我像瑞士卷一樣裹著棉被，敲著手指。

我要將那小小的空間像書包一樣背在背上，慢慢前進。

我和食堂是一體的。

只要進入殼中，那裡就是我的「安居之地」。

第二天早上，我立刻打了熊桑的手機。

雖然如此，但我不能說話。我們約好了只要放某一段音樂，那就是我要請熊桑過來的信號。

曲子是熊桑自己選的，是前陣子當紅女歌手的歌。帶著女兒離家的希紐莉塔好像常常在小酒館阿穆爾的卡拉ＯＫ唱這首歌。所以我把熊桑轉錄的磁帶和隨身聽一起放在籃子裡帶著走。

溝通方式雖然少，但都很有用。

我無法發出聲音這件事，實際上應該並沒有別人想像中那麼痛苦。我本來就不喜歡說話，尤其自己一個人住，不開口也並不奇怪。

這次熊桑也是一聽到曲子開頭的甜美歌聲，就開著小貨車過來了。我立刻用石頭在地上寫出「蝸牛食堂」幾個大字。然後帶著好像用透明馬克筆在臉上寫了「怎樣？」的表情看著熊桑。最近不需要筆談，我和熊桑之間已經可以心領神會了。

「很不錯啊～」

熊桑說。

他立刻在昨天漆成土耳其藍的電動三輪車後方那個籃子掛的牌子上，洋洋灑灑地用白油漆寫了「蝸牛食堂」四個字。

我非常喜歡熊桑隨興卻充滿感情的字跡。

於是，這輛電動三輪車以後就叫做「蝸牛號」了。

我立刻試駕蝸牛號，在寧靜的山村中巡遊一週。

我沒有駕照，心裡總是忐忑，不知該怎麼辦才好。在城市裡不開車也沒問題，但在這種偏僻的鄉下，沒有車簡直寸步難行。即便如此，動輒為了點小事就叫熊桑過來，我還是內心不安。

現在有了蝸牛號，就可以自力到村子中心去。途中雖然會經過沒有鋪過的山路，但下車用推的也可以前進。我充滿感激，非常珍惜地使用熊桑送給希紐莉塔的蝸牛號。

我在崎嶇不平的山路上，駕駛蝸牛號緩慢但確實地前進，抬頭望著深秋的藍天。

水母般的薄雲覆蓋了天空。沒有心臟也沒有骨骼的巨大水母，伸出了觸手。我深深吸了滿腔空氣。海邊飛來的老鷹在我頭上悠然盤旋，發出尖銳的叫聲，飛往乳房山的方向。森林深處傳來窸窸窣窣的動靜。

途中我看見一棵山葡萄樹。摘了一顆放進嘴裡，很澀，帶點酸甜。生吃是不行的，但我靈光一現。

我趕在山裡的野熊出現之前，摘下了山葡萄的果實。裝得滿滿的塑膠袋都染成紫紅色了。我把塑膠袋放在蝸牛號的籃子裡。路上還有很多掉下來的橡實。我也盡量撿了很多塞進袋子裡，然後也放進蝸牛號的籃子。橡實煮過後乾燥保存，就能加進愛馬仕的麵包裡。

我心心念念的蝸牛食堂就要誕生了。

我還是每天都踩到愛馬仕的糞便、會被帶刺的栗子打到頭，也會被路邊的小石頭絆到。但是跟住在城市的時候比起來，這裡常常有小確幸的時光。

即使是救助翻不過身的團子蟲，對我來說都是小小的幸福時光。握著剛剛產下的雞蛋，貼在臉上感覺溫度；發現被朝露打濕的葉子上那比鑽石還漂亮的水珠；在竹林入口看見長得跟蕾絲杯墊一樣好看的竹笙，拿來煮味噌湯的時候，對我來說都是值得感謝，讓我想在神祇面頰上親一口的經歷。

我腦中蝸牛食堂的樣子幾乎已經成形了。

一天只招待一組客人，有點與眾不同的食堂。

在客人來店的前一天，我會跟他們面談，或是透過傳真以及電子郵件溝通，問他們想吃什麼，家裡有什麼人，未來有什麼夢想，預算多少等等詳細地調查，然後根據調查結果來決定當天的菜單。

要是時間太晚，隔壁的小酒館阿穆爾的卡拉ＯＫ和談笑聲會很吵，因此用餐時間盡量在晚上六點開始，然後符合蝸牛食堂之名，悠閒地享用美食。所以這裡沒有時鐘，必要的時候就使用廚房的計時器。

香菸的氣味會影響食物的味道，所以食堂內禁煙。我希望客人能聽到廚房傳來做菜的聲音，感受到戶外的鳥鳴和自然氣息，所以不放音樂。

閉上眼睛，蝸牛食堂彷彿已經慢慢開幕了。

開著蝸牛號在故鄉巡遊一週回來後，熊桑正在劈山裡撿來的木頭，準備給我的火爐當柴火用。

我拿出筆談的小冊開始寫字，趁著熊桑停下來的空檔問他。

【熊桑你想吃什麼，儘管跟我說。】

不知怎地好像是跟喜歡的男生告白似地，有點不好意思。可能是我緊張得手抖了，字跡有點好笑。

其實我心裡早就已經想好了。

這是為了感謝熊桑幫我準備開張的謝禮。老實說，金錢或禮物我現在負擔不起，但是做一餐飯是可以的。我有百分之百的自信，能全心全意地為熊桑準備美食。

熊桑可能完全沒想到我會問他這種問題，臉上的表情好像吃了以為是甜的結果入口是苦的東西一樣，噘起嘴來。

「想吃的東西啊……」

他咕噥著，沉默了下來，然後好像沒見到這個問題似地，立刻再度開始劈柴。

然而過了一會兒，熊桑開始斷斷續續地講起希紐莉塔的事。看來只要提到做飯，他就會想起希紐莉塔跟女兒吧。

我也是一樣的。回到故鄉後，小確幸的時間增加了，但偶爾也會突然憶起戀人。受的情傷別說癒合了，簡直是日益嚴重。

離開城裡的時候，看到身材相仿的男人的背影，就以為是戀人回來找我了，不由自主地追上去，一定要回頭看見人家的長相才死心；聞到滲入戀人皮膚下的那種香料的味道，就跟巴伐洛夫的狗一樣熱淚盈眶。

想到做菜更是如此。走進廚房綁好圍裙，他那褐色面孔上閃亮的白牙，率真的眼神和高挺的鼻梁宛若幽靈般浮現在我面前。就像是印度和土耳其雙色的黏土捏成的球一樣，直擊我胸口。被自己的愛人拋棄的無力感，無法被替換也無法彌補。

熊桑一面劈柴，一面跟我說希紐莉塔第一次做的菜是咖哩。

「這麼說起來，最近都吃我娘煮的菜，好久沒吃咖哩了呢～」

他帶著彷彿在遠眺阿根廷的迷茫眼神如此說道。

我聽到這句話的瞬間，就在心中比了一個勝利手勢，決定要做最適合熊桑的咖哩給他吃。

對我來說，咖哩也是充滿回憶的料理。我不知道替戀人做過多少回。因為對出生在印度的戀人來說，咖哩就是他靈魂的滋養。

熊桑劈完柴，我和他一起吃了鍋燒烏龍麵當午餐，然後仔細洗了剛剛摘來的山葡萄，下鍋熬煮，開始做巴薩米克醋。

十二年後，醋就完成了。我閉著眼睛，想像那時會是怎樣的味道。可能中途會失敗也說不定。但是，我仍然希望十二年後，能像今天一樣懷抱新鮮感，站在廚房裡。我帶著懇切的願望，慎重地將巴薩米克醋裝進煮沸消毒過的瓶子裡。

蝸牛食堂開幕當天。

我抬頭挺胸地走出家門，大步走向蝸牛食堂。已經和我非常親近的愛馬仕，在我背後發出叫聲替我加油。

和蝸牛食堂之名相符，寧靜的山村一早就開始下著霧雨。我仰著臉，跟真的蝸牛一樣享受著濛濛細雨。

昨天下午，花了半天做好的看板也被霧般的細雨淋濕了。看板是我拜託熊桑將木材切成十公分厚的木板，然後鋸成蝸牛的形狀；我再用黃色的油漆寫了跟幼稚園小朋友一樣拙劣的「蝸牛食堂」四個字。

我把手輕輕地放在看板上，拿出只有自己持有的鑰匙，慢慢地打開蝸牛食堂的門。嘎嘎嘎嘎，還有點卡的倒U字型新門，發出了意味深長的聲音。

因為是一天只接待一組客人的預約制，並沒有特意宣傳，但根泥可能是從老媽那裡聽說了，中午的時候送了大花圈來祝賀。

是小鋼珠店開幕的時候，在門口排成兩排的那種五顏六色的花圈。對方的好意很讓人開心，但我還是急忙把花圈搬到小酒館阿穆爾後面。這種花圈放在店門口，食堂好不容易營造出來的溫馨樸實的氛圍就毀於一旦了。

我一直在思考要做怎樣的咖哩給熊桑吃。

甚至思考到失眠的地步。我覺得就算我問熊桑想吃什麼咖哩，他大概只會含糊地說：「咖哩啊～」讓我完全沒有頭緒。

一開始我想重現希紐莉塔做的咖哩。

但是熊桑自己也記不清楚了，而且當時他懷抱著怎樣的心情品嚐希紐莉塔做的咖哩，我再怎麼努力也不可能超越他吃到的味道。所以我還是做自己的咖哩吧。考慮了許久之後，我決定作石榴咖哩。剛好石榴當令。到森林深處去，還能找到掛在枝頭的石榴。

石榴咖哩是一起在土耳其餐館打工的伊朗同事教我的食譜。因為放了很多紅石榴，顏色是漂亮的紅寶石色，味道酸酸甜甜，吃起來下巴的肌肉都會抽緊。

那個時候，我彷彿看見了從未去過的黃褐色伊朗荒野。當時就決定等哪一天跟戀人一起開店的時候，一定要把這一項加進菜單裡，介紹給日本的民眾。這是非常有紀念性的咖哩。

我昨天自己去森林裡，爬到樹上去摘了必要份量的石榴。在決定要開蝸牛食堂的時候，我就決定要盡量使用本地的食材。

我坐在樹上，吃了一點石榴，味道比想像中要酸甜，澀味也重，非常提神醒腦。跟超市包裝精美，沒有天然感覺的石榴當然完全不一樣。現在我摘的石榴正在流理台上靜靜地等待出場。

我給火爐添柴，神聖的氣氛立刻就湧了上來。我緊緊繫上嶄新的圍裙，用布巾包住頭，仔細拿肥皂洗手。我的頭髮現在幾乎跟剃光了差不多。

回故鄉的第一天，在無花果樹上剪了頭髮，但那樣我仍舊覺得太長太麻煩，後來到村外的美容院去爽快地剃了。現在我自己大概三天剃一次頭髮。這樣不必擔心頭髮會掉進菜裡，我也不再有讓自己看起來漂亮的願望。

既然要防止異物，那乾脆把眉毛也剃了吧。我雖然這麼想，但結果還是沒這麼做。我自己無所謂，但嚇到客人可不行。

閃閃發光的流理台上，除了石榴還有洋蔥、牛肉等食材，正等著我開始料理。

我用洗乾淨的手輕輕觸摸這些食材。然後像是憐愛剛出生的小生命一樣，將它們一一捧起來湊到臉上，閉上眼睛，用幾秒的時間跟它們交談。

這並不是有人教我的，而是我自己不知不覺間在開始料理之前，總是會進行這樣的儀式。靠近臉龐用鼻子嗅聞，以耳朵傾聽它們的聲音。一面嗅一面確認狀態，我問它們，要如何料理最合適呢？這樣食材就會告訴我怎樣料理最好。

當然可能只是我的想像，但我真的能聽到它們微弱的聲音。

然後我在心裡對料理之神下跪祈禱。

請讓我做出好吃的咖哩。

請讓我不要傷害、不要浪費這些食材，不要讓它們失望，然後做出美味的咖哩。

在感覺到料理之神已經聽到我的祈求之後，我慢慢睜開眼睛，投身料理的世界。

我想切洋蔥，下刀之後幾秒鐘。

眼淚突然湧了出來。我不由得咬緊了牙關。

是因為洋蔥刺激了眼睛，還是心裡浮現了對戀人的眷戀，我自己也不清楚。然而碩大的淚珠像爬上沙灘產下的海龜蛋一樣，從我的面頰上滾落。即便如此，我仍繼續切著洋蔥絲。

結果我在做石榴咖哩的時候，幾乎一直在落淚。

和戀人的回憶從我記憶的黑箱中變成眼淚，滴滴落下。我離開城市的時候腦中一片空白，回到故鄉之後立刻準備開食堂，一直避免想這件事。而現在積累的情緒一口氣決堤了。

和戀人的回憶就像魔術師變出來的便宜彩色尼龍手帕一樣，一條接一條出現在眼前，把我的景色染成「鄉愁」的顏色，害我連正在炒的洋蔥的樣子都看不清了。

就這樣過了幾十分鐘，石榴咖哩酸甜的香味在廚房瀰漫開來。

傍晚，熊桑在約好的時間開著小貨車來了。

我以前只見過他穿工作服，所以第一眼看到他的時候，還以為是黑社會的小弟來踢館了，嚇了我一跳。難道是經營權有問題，還是老媽的仇人之類的。要是在城裡的話，這種可能性大得很。

我正想著要不要回廚房拿研磨棒防身的時候，他開口用平常的悠閒腔調說：「麻煩妳啦～」我這才發現來人是熊桑。

我打開蝸牛食堂的門，轉換心情，迎接本日的客人熊桑。從今天開始，我就真的成了專業的廚師了。

熊桑穿著黑西裝，打著鮮豔的紅領帶，逐漸稀疏的頭髮用髮膠固定成型。只有腳上還是我熟悉的熊桑。平常總是沾著樹葉泥巴的長靴，今天擦得像魚市場翻身的鮪魚肚一樣，閃閃發光。

熊桑仔細檢查了自己安裝的吊燈是否穩固，和地板上的陶磚有沒有鋪平之後，才坐到桌旁。

我從圍裙的口袋裡拿出寫著「請稍候」的卡片給他看，然後很快回到廚房，替石榴咖哩做最後的準備。在此期間熊桑抽著粗粗的雪茄等待。本來食堂是禁煙的，但熊桑是特別的客人，這次我就為他破例，立刻遞出了煙灰缸。

我嚐了一下石榴咖哩的味道，然後澆在剛煮好的奶油飯上，迅速端到熊桑的桌上。配菜是米糠醬漬蘿蔔。本來應該是今年夏天醃製的蕗蕎，但那已經下落不明了。

我放好嶄新的木頭湯匙，深深鞠了一個躬，靜靜地回到廚房裡，拉上隔開廚房和食堂的簾子。

接下來就是等熊桑吃石榴咖哩了。

除了戀人以外，我沒辦法直視吃我做的料理的人。那對我來說是比用放大鏡觀察性器官或乳頭更丟臉的行為。

但我還是非常在意熊桑的反應。

熊桑低聲說：「我開動了。」然後開始吃我做的咖哩。我稍微揭開簾子，用小鏡子偷看熊桑的側臉。

我調節鏡子的角度，觀察熊桑的表情。鏡子反光的時候，熊桑的臉上閃過的白光像展翅的蝴蝶。

熊桑毫不介意，只是默默地吃著石榴咖哩，面無表情。沒說好吃，也沒說不好吃，一聲都不吭。

我的緊張到達了最高峰。

難道是在我沒注意到的時候眼淚掉了進去，搞砸了味道……

要是這樣的話，我這種什麼事情都往最壞的方向想的人，連當專業廚師的自信都會沒了。

啊——果然只是喜歡做菜的普通人，跟專業的廚師簡直有雲泥之別。我開始這麼想，恨不得奪下熊桑正在吃的石榴咖哩全部倒進洗碗槽裡沖走。

為什麼我沒有好好思考更合熊桑口味的菜單呢。

和風咖哩、炸豬排咖哩、漢堡咖哩之類的，做成市面上傳統的通俗甜口風味就好了，不應該一面回想分手的戀人一面大哭。也有可能是漬蘿蔔不好吃。米糠醬換了地方可能變了質，漬物的味道變了。怎麼辦，我這樣只是自我滿足而已。

我這樣想著，幾乎要哭出來的時候。

熊桑在絕妙的時機開口了。

「小輪子，我第一次吃到這種咖哩呢。」

熊桑朝著廚房的入口說，也不曉得他知不知道我在簾子後面。

這時候我已經淚眼朦朧，剛才是不安的淚水，現在則是高興得哭出來。

「好想讓希紐莉塔跟我女兒也嚐嚐啊。」

熊桑感慨地說。

我鏡子裡的熊桑對著石榴咖哩露出愉快的表情。

結果石榴咖哩非常成功。我安心地開始準備最後的美式咖啡。

我有一種很自傲的特殊能力，看一個人的臉就可以分辨出那人喜歡紅茶還是咖啡，現在想喝哪種咖啡。可能是因為我剛進城的頭幾年，在連鎖咖啡店當收銀員練出來的本領吧。

看著客人的臉，聽他們點餐，就能猜到他們想吃什麼，通常有百分之九十五的準確度。

熊桑喝完最後一滴美式咖啡。然後不斷跟我道謝。我一直表示「不用了」，他還說要送我開店禮物，拚命往我圍裙口袋裡塞松茸。最後踏著夕陽的餘暉，慢慢走上歸家的山路。

松茸是熊桑一大早到山裡去摘的，蕈傘還沒開，非常新鮮。松茸高貴的香氣從圍裙口袋中飄出來。難得的珍貴禮物，晚上立刻做了松茸飯和土瓶蒸來吃。

我在廚房的時候水氣讓窗戶一片迷濛，沒注意到上午時下的雨已經停了，外面的晚霞非常美麗。就像地球沉浸在一個巨大的蜂蜜瓶子裡一樣。

我手上只剩下石榴咖哩的空盤子。

奇蹟好像是第二天早上十點半發生的。

帶著女兒離開的希紐莉塔，回熊桑家來了。

熊桑興奮地來找我。他急得連腳上穿的長靴都不是同一雙。

我聽了他的話，原來希紐莉塔只是回來拿忘了的東西。連茶都沒有喝一杯就立刻走了。但即使是這樣，熊桑還是認真地說：「要是她完全不留戀，是不會回來的啦～」他很開心。沒有任何人有權利破壞別人的夢想，所以我只拚命地點頭。

熊桑認定這是因為他吃了石榴咖哩的結果。哪有這種事，只是偶然而已；但熊桑一再強調昨天吃到的石榴咖哩味道非常特別，眼中含著淚光拚命跟我道謝，還用力握著我的手，力氣大到我的手指都要被捏斷了似地，一直到離開時仍舊非常興奮。

無論如何，能讓熊桑這麼開心，真是我無上的光榮。

幾天後，熊桑好像因為這件事有了什麼靈感，這次帶著他的鄰居「小三夫人」到蝸牛食堂來了。雖然叫做「小三夫人」，但她當然不是熊桑的小三。

這個寧靜的小山村裡沒人不認識她。她是一位非常有名的女士。我小時候就知道她了。但是我很害怕，從來沒跟她說過話。因為她無論春夏秋冬，整年都穿著黑色的喪服。

小三夫人是本地有權有勢的大人物的小三。但是包養她的人很早以前就去世了。我聽說是在小三夫人家裡走的。遺體立刻被正妻接了回去，只留下小三夫人獨自一人。聽說她在家裡笑了三天三夜。

喜歡八卦的老媽跟小酒館阿穆爾的常客一面喝酒一面說的話是真是假我不知道，但據說她的笑聲傳遍了村中。

為什麼不是哭聲而是笑聲呢，沒有經驗的我只能靠想像。會不會小三夫人其實是在哭，只不過聽起來像是在笑？

在那之後小三夫人的性格完全變了，成了一個沉默寡言的老太太，只穿喪服。也就是說，小三夫人在男人死了之後一直服喪。

熊桑從以前就很關心這位鄰居。小三夫人本來是個性情很開朗的人，自己沒辦法生小孩，所以把熊桑當成兒子一樣照顧。所以熊桑想著要報答她，來找我商量。蝸牛食堂的水晶玻璃吊燈以前是小三夫人的，因此我也希望能表達謝意。

用餐當天，小三夫人果然還是穿著黑色的喪服來到蝸牛食堂。

她腿腳不太方便，拄著枴杖一步一步地往前，好像隨時會跌倒。她一直低著頭，看不到臉上的表情。雖然對她不好意思，但我覺得她跟我小時候的印象一樣，整個人就像個幽靈。我完全無法想像這個沉默寡言的老太太，曾經像熊桑說的那樣開朗過。

幾天前熊桑陪著小三太太到蝸牛食堂來過。

她來接受我的面談。我試著用筆談跟她溝通，但對著她就像對著鏡子一樣，她一言不發，結果完全問不出她想吃什麼。既然小三太太不願意提供點子，那我只能自己判斷決定菜單了。

一開始我想著用大地的恩賜，做出能撫慰身心的菜。比方說金平香菇絲、胡麻豆腐、根莖類蔬菜湯、茶碗蒸之類外婆教我的食譜。但是仔細考慮過後，覺得沒有新意，就放棄了這個想法。

思前想後，最後我做的是能表現喜怒哀樂的食物。甜的夠甜、辣的夠辣、味道非常鮮明刺激的菜單。一定是小三夫人從來沒有嚐過的滋味。

我想用料理讓小三夫人體內呈假死狀態的細胞再度醒來。

我為穿了幾十年喪服的小三夫人準備的菜單如下：

- 木天蓼酒調的雞尾酒
- 米糠漬蘋果
- 義式生蠔和生甘鯛
- 比內全雞燒酒參雞湯
- 新米做的烏魚子燉飯
- 炙仔羊肉和蒜炒野菇
- 柚子冰沙
- 馬斯卡彭起司做的提拉米蘇配香草冰淇淋
- Espresso濃咖啡

這份菜單可能不合上了年紀的小三夫人的胃口。份量也很大，還有很多乳製品。

可能是我不自量力，但我非常想藉著料理告訴小三夫人，這個廣大世界還有許多無限的未知。我真心希望，小三夫人能夠敞開緊閉已久的心扉。

就算她全都剩下來，那我自己吃就好。我下定決心，花了好幾天準備。前菜用的生蠔和甘鯛，我請熊桑天沒亮就開著小貨車載我去漁港，親自挑選好貨。

處理好的比內雞在湯鍋中搖搖晃晃。同一頭牛產出的牛奶和鮮奶油，以及馬斯卡彭起司做的提拉米蘇都已經準備好在冰箱裡待命了。

我把毛毯遞給慢慢入座的小三夫人，讓她蓋在膝上。然後給她看小卡。

【我去準備，請您稍等。】

我把用白葡萄酒和木天蓼酒調的原創雞尾酒倒在漂亮的巴卡拉香檳杯裡，當做餐前酒端上。

木天蓼酒是熊桑送我的，酒齡已經有七年，是用森林裡被蟲子咬過的果實釀造的利口酒。蟲子都想吃的果實才好吃。為了讓味道更有層次，我加上白葡萄酒。白葡萄酒是附近的酒廠釀的，帶著清爽的果香，和特色強烈的木天蓼酒非常合拍。兩者混合在一起，呈現出溶了金粉般的深琥珀色。

我轉過身，小三夫人送的吊燈照亮了香檳杯，像是在看萬花筒一樣。送小三夫人來的熊桑在窗子外面對我使眼色，舉起一隻手。看見我點頭，就開著小貨車離開了。

我將準備好的米糠漬蘋果放在小三夫人面前。

蘋果連皮對切，全體灑鹽，放在米糠醬罐子裡醃兩天。米糠漬從米糠醬裡拿出來之後要放置一段時間，跟醒紅酒一樣和空氣接觸，味道會更加柔和，所以我是在小三夫人抵達前拿出來準備的。鹽味提升了蘋果的香甜，成為別具一格的前菜。

我在心中誠摯地說了一聲請慢用，像謝幕的芭蕾舞者一樣深深鞠躬，迅速回到廚房。我開火加熱裝著參雞湯的圓桶湯鍋，慢慢地加熱到雞身熱透。

打開鍋蓋，改頭換面的比內雞已經變成麥芽糖色，在湯中載浮載沉。我想起前幾天殺這隻雞的場景。驚慌奔逃的雞被抓到，掐住脖子，按住雞爪子拔脖子上的毛，然後用刀割斷頸動脈。血從脖子上流下來，然而雞還活著，不斷蹬著腳撲打翅膀。

其實我幾度想移開視線。我看見自己的經血跟別人流鼻血都會害怕得要暈倒，但是不看不行，強忍著不眨眼睛看下去。

過了一會兒雞就不動了，在養雞場的男人手中斷了氣。

要做這道菜，一隻雞犧牲了生命。

為了奉獻生命的比內雞，也為了小三夫人，我認為自己有義務盡最大的努力。

所以我一點一點地加鹽調味。

今天使用的是夏威夷鹽。

歐胡島鑽石頭山附近採的天然岩鹽，加上生薑等香草。特徵是顆粒較粗，有顯著的甜味。前幾天我聽熊桑說，他看過小三夫人和那位男士一起去夏威夷別墅時拍的照片。所以我決定試著用看看。

味道太鹹不行，但要是沒有鹹味難得的食材就浪費了，所以我非常謹慎地添加，達到最佳狀態之後才停止。

我從簾子的縫隙偷看小三夫人的樣子。

我一開始就想過或許會這樣，她果然沒有碰餐前酒跟前菜。

既然如此，那參雞湯就晚一點再上吧。我拉攏簾子，走回廚房裡面。

我回過神來，夜色已經籠罩了窗外。

通往那棵無花果樹的小徑入口，有不可思議的鳥鳴聲，彷彿是在鼓勵我一般響亮地叫著。我輕輕打開窗戶，看見一隻鈷藍色的鳥英姿颯爽地朝月亮的方向飛去。那是翠鳥嗎？

金星在一輪月牙旁邊閃爍。簡直像是土耳其國旗。在土耳其餐館工作的那些日子歷歷在目。

我不知看了多久夜空。

過了一陣子，我聽到喀嗒一聲，是餐具跟食器接觸的聲音，我從簾縫偷看食堂，小三夫人拿著刀叉，把米糠漬蘋果送到嘴裡。我仔細看了一下，餐前酒也減少了一些。

我立刻拿出盛裝義式生蠔和甘鯛的盤子。

我戴上手套，用專用的刀子撬開牡蠣殼，露出飽滿的生蠔。我將生蠔直接放在白色的盤子上。還有甘鯛薄片。甘鯛用昆布綁過半天，淋上橄欖油灑上鹽。端上這一道之後，終於可以準備上參雞湯了。

我把在湯裡溫著的雞取出放在砧板上，用刀切開。塞在雞肚子裡的牛蒡和糯米吸收了雞的精華，散發出香氣。光聞著香氣就覺得身體溫暖起來。

我把熱騰騰的參雞湯裝在碗裡端出去，小三夫人剛好喝完餐前酒，米糠漬蘋果和生蠔也吃完了。我把剩下甘鯛的盤子移到旁邊，將參雞湯的碗輕輕放在小三夫人面前。

只要客人不開口，就算食物只剩下一點，我也不會把盤子收走。這是我身為服務員的信條。我再度像謝幕的芭蕾舞者一樣鞠躬，回到廚房。

用新米做的烏魚子燉飯也花了時間慢慢煮好，小三夫人全部吃光了。

在她吃燉飯的時候，我完成了今日的主菜：炙仔羊肉。

這次我使用羊脊肉，肉上塗滿芥末，然後裹上麵包粉，淋上杏仁油煎。

麵包粉裡加了蒜泥和芝麻葉末。羊肉脂肪熔點很低，餘味清淡，不管在口中咀嚼多久，嚥下幾秒之後，味道就會像清風般飄散。就算肚子很飽，還是能輕鬆地吃下。配菜用的香菇，是幾個小時前我從熊桑告訴我的秘密森林摘來的。山菜和香菇生長的地方，是連親兄弟也不能透露的大秘密。熊桑這麼放心我，讓我很開心。剛採來的野生香菇加上許多大蒜拌炒。

我一面用平底鍋煎仔羊肉，一面望向餐桌，餐前酒的杯子已經完全空了。於是我開了一瓶紅酒，在小三夫人的杯子裡倒了一杯。紅酒跟白酒來自同一酒廠，使用本地產的葡萄釀造的自然派葡萄酒。我嚐過味道，十分濃郁香醇，和炙仔羊肉是絕配。

說不定她也願意喝紅酒。

這種小小的希望和慾望在我心中閃過。然後正如我期望的那樣，紅酒也一點點地進入小三夫人的體內。

那具瘦弱的身體竟然有能容納這麼多食物的胃。我食慾旺盛的印度戀人都可能吃不完的全餐，小三夫人用小小的嘴慢慢確實地吃下了。

結果，小三夫人喝完一整瓶紅酒，開始吃清口的柚子冰沙前的幾分鐘，貓頭鷹阿公開始了午夜報時。

在這期間，小三夫人吃著我準備的食物時，不知道心中在想什麼。雖然她喝了很多酒，臉色完全沒有變，也沒有一絲喝醉的跡象。小三夫人自始至終都是個沉默寡言的老太太。

我拿著要跟甜點馬斯卡彭起司提拉米蘇一起上的冰淇淋材料，走到蝸牛食堂外面。

我先將餐後的渣釀白蘭地放在小三夫人手邊。然後在戶外的冷空氣中製作冰淇淋。一走出蝸牛食堂，瞬間就覺得連骨髓都被冷凍了。周圍充滿了冷空氣。

我把裝著材料的不銹鋼桶浸在冰水裡，然後盡力快速攪動打泡器。頭頂的天空有好多星星默默地閃爍。

真幸福。

太幸福了，喘不過氣來，好像要死了一樣。

能像這樣在夜空下為了某人做冰淇淋，是我作夢也沒想到的。而且，竟然這麼快就能實現長年的夢想……

打泡器喀喳喀喳攪動的聲音，在黑暗中就像音樂一樣。

途中加入的蘭姆酒香味刺激著鼻端。

我嘴裡呼出的白氣漸漸融入冰冷的夜裡。

我轉頭看向蝸牛食堂，隔著簾子可以看見舉起酒杯正在喝渣釀白蘭地的小三夫人的身影，像是皮影戲一樣。酒杯是外婆送給媽媽的大正時期雕花水晶杯，在小三夫人起皺的手裡像是珠寶一般閃亮。

我抓準時機，端上馬斯卡彭起司提拉米蘇、香草冰淇淋和 Espresso 濃咖啡。咖啡豆是沖繩產的。同時附上一樣來自沖繩離島的黑砂糖。小三夫人對著這一切，靜靜地雙手交握，閉著眼睛，簡直像是正在祈禱的修女。

我跟熊桑來吃飯時一樣，從簾子縫隙間用鏡子看著她。因為我的手在發抖，鏡子裡的人也隨之搖晃。

小三夫人已經七十幾歲了。我好像在看一場外國的黑白老電影。思念著逝去的人，幾十年都沒笑過，一心服喪。

這到底是怎樣的心情呢，光是想像就覺得好像快瘋了。再也見不到如此思念的人，那種絕望感是有多麼深刻啊。

小三夫人用薄薄的嘴唇啜了一口咖啡，用帶著麥芽色的陳舊銀湯匙舀了剛剛做好的香草冰淇淋，送進嘴裡。

鏡子中的小三夫人仍舊閉著眼睛，動也不動。是太冰了凍到牙齒了嗎？

我擔心地看著她，她睜開眼睛，用迷茫的眼神望著天花板上的吊燈。

這座吊燈的微弱燭光，應該一直照耀著小三夫人和那位男士甜蜜的愛情生活吧。小三夫人又喝了一口咖啡，這次吃了一匙提拉米蘇。然後再度閉上眼睛，慢慢地抬頭望向吊燈。

結果小三夫人把我準備的餐點全部吃完了。

喝完最後的 Espresso 之後，小三夫人朝著我手裡小鏡子的方向輕聲開口。像是春日陽光般溫柔的聲音。

「多謝招待。非常好吃喔。感謝妳。」

然後她深深地鞠躬。

我第一次聽到小三夫人的聲音，非常悅耳迷人，好像經過砂紙磨平了粗糙的部分一樣。我被小三夫人的聲音迷住了。雖然只有一瞬間，但我彷彿看到了小三夫人年輕時猶如彩虹般的殘影。

小三夫人站起來，說想躺一會兒。我立刻整理好用酒箱做的沙發床，帶她過去。

一定是參雞湯發揮效力了。

我稍微碰觸到小三夫人的指尖，感覺很溫暖。這樣血液循環通暢，能睡個好覺就好了。

小三夫人就這樣在蝸牛食堂睡到第二天早上。

過了幾天，繼熊桑之後，小三夫人身上也發生了奇蹟。

一直固執地穿著喪服的小三夫人，竟然穿著不是喪服的衣裝外出了，而且沒有拄著手杖。

那時我正在超市購買日用品。

我感覺身後有點騷動，轉身望去，看見一位穿著大紅色大衣的老婦人，她頭上還帶著俄國式的豪華毛皮帽子。

起初我沒發現那就是小三夫人。我以為是哪個外國富婆，不知怎地到這個偏僻山村來參觀日本鄉下的超市呢。

但是定睛一看，正是幾天前到蝸牛食堂來用餐的小三夫人。薄薄的嘴唇上塗了淺桃紅色的口紅。

這件事在我們寧靜的小山村裡成了大新聞，大家口耳相傳，一下子就人人都知道了。

第二天我聽熊桑說，那天晚上，小三夫人在蝸牛食堂吃完飯，睡在酒箱拼成的沙發床上時，做了一個夢。她夢見了去世多年的伴侶。

小三夫人好像一直都祈禱能在夢中跟他見面，然而在此之前卻一次都沒有如願。那天晚上她卻跟摯愛的男人重聚了。

男人站在小三夫人枕邊，跟她說馬上就能在天堂見面了，所以希望她愉快地享受剩下來的人生。簡直像是靈異故事一樣。

熊桑說小三夫人似乎非常幸福。然後又逕自下了結論說，這都是因為來蝸牛食堂吃了我做的料理的緣故。

就這樣，來蝸牛食堂吃飯，戀愛或心願便能圓滿的說法，傳遍了附近的城鎮。

「能讓我跟阿聰兩情相悅嗎？」

小桃一聽說小三夫人的傳聞，立刻就讓熊桑傳信給我。其他的孩子們都用手機或是電子郵件，寫信讓人印象深刻。

在一個晴朗的春天，小桃和阿聰一起騎自行車來到蝸牛食堂。小桃住在村裡，通學到鄰鎮上高中，臉上還留著一絲稚氣。

幾天前小桃獨自來面談的時候，非常開朗活潑，跟我說了很多家人和學校朋友的事情。然而在阿聰面前，卻像怕生的貓咪一樣乖巧。可能是緊張吧，我領他們到桌前，兩個人一句話也沒說。看著他們就令人忍不住笑意。

我留下兩個彆彆扭扭的孩子，回到廚房準備煮湯。驀然抬頭，從窗外射入的陽光在桌子上方靜靜地晃蕩，連空中飄揚的灰塵都閃閃發光，簡直像是一幅美麗的畫。

為了促成小桃的戀情，我也動用了自己稀少的戀愛經驗，幾天前就開始認真思考要做什麼菜。

一開始我覺得甜點應該不錯，就試做了蘋果派和年輪蛋糕。但是，自己吃了試作的甜點，想像要是現在戀人就在眼前，立刻覺得心臟怦怦亂跳，根本吃不下去。

那個時候我也陷入剛開始戀愛時那種有點寂寞，有點苦澀的感覺；光是想著喜歡的人，就覺得一點也不餓。而且在喜歡的人面前第一次吃飯，應該避免不用刀叉就不能好好食用的東西。

所以我決定煮湯。這樣無論多緊張身體多僵硬，心裡如何又酸又甜，都能順利地入口。湯料我並沒有事先準備，而是當下看見他們兩人的時候，再憑靈感決定。

我挑選了廚房裡的蔬菜，細細切碎，先用奶油炒比較難熟的食材。我選了南瓜，是因為阿聰的圍巾是鮮豔的黃色，非常好看。胡蘿蔔是要表現窗外絢麗的晚霞。最後加了蘋果，因為小桃可愛的面頰讓我聯想到紅蘋果。

鍋中重疊的許多意象，漸漸合而為一。這就像是畫家憑著本能選擇顏料一樣，我憑著心中的直覺即興地料理。

我慢慢地燉著加了月桂葉的湯，用攪拌器攪拌，顏色淺淡的濃湯就完成了。戀愛並不需要多餘的裝飾，因此只用鹽調味。沒有加牛奶或鮮奶油，也不用特別的調味料或香料提味。

我把做好的濃湯裝在紅色的心形小鍋裡，很快端上桌。煮湯的時候我已經把餐桌擺設好了，這樣他們就能趁熱盡快食用。

打開鍋蓋的時候，香氣蒸騰，就像是被派來成就他們戀情的小妖精一樣。我小心地將湯舀到木碗裡，兩個人都緊盯著我的手。我把木頭湯匙放在毛氈做的小餐墊上，紅色的鍋裡還有很多可以續碗的湯。

【請慢用。】

我深深鞠躬，微笑著回到廚房。

天色已經漸漸暗下來，我拿著蜜蠟蠟燭到桌上時，阿聰已經換座到小桃旁邊。我緊張地打開鍋蓋，湯已經喝完了。

「感謝招待。」

小桃喃喃說道。她的聲音像是一點也不想破壞現在的氣氛一樣。兩人依偎在一起，像是交頸的小鳥般分享體溫。

【會不會冷？】

我盡量不打攪兩人的氛圍，在筆談的卡片上寫了遞給小桃。那個時候我才發現，他們在桌子底下牽著手。能替他們小小的幸福做出貢獻，我的胸中也燃起了如蜜蠟般的光芒。

我沒有收走空的木碗跟心形的湯鍋，就這樣回到廚房。然後為了讓他們倆可以盡情親熱，打開水龍頭盡量放大水流聲，開始洗用過的鍋碗瓢盆。小桃達成了心願讓我非常高興，簡直在心裡手舞足蹈起來。

整理完畢之後，我為了慶祝他們成為一對，將一口大小的馬卡龍放在碟子上，準備當成賀禮。我希望他們連腹中都能染上粉紅色，特意選了深粉紅的木莓夾心馬卡龍。想像著他們酸酸甜甜的心情，臉上不由得浮現了笑意。我輕快地走向桌位，然而卻緊急在廚房入口停下了腳步。

我靜靜揭開簾子的一角，小桃跟阿聰正在交換帶著濃湯滋味的吻。他們面對面閉著眼睛，像雕像般動也不動。我好想一直看著他們倆，但只是靜靜地放下簾子。

我輕手輕腳地從後門出去，專心地拔了一會兒香草園裡的雜草。抬頭望向夜空，天上閃爍的星星似乎也在祝福他們剛剛萌芽的戀情。

只要他們願意留下來，蝸牛食堂就為他們開放。雖然天色已晚，他們該早點回家，但我希望小桃跟阿聰的甜蜜時光能多一秒是一秒。即將圓滿的月亮從乳房山頂露臉的時候，兩個人終於站起身來，手牽著手離開了。

在那之後，當令的蔬菜湯就成了蝸牛食堂的招牌菜。不知是誰在部落格上取名為「我愛你濃湯」之後，這個名字就廣為人知了。

所以每次有希望能實現戀情的客人來店時，我一定端出「我愛你濃湯」。每次使用的蔬菜跟份量都不一樣，次次都能做出連我自己都驚訝的滋味。

也因為這樣，我對蔬菜的看法有了極大的改變。在此之前我覺得料理都是自己做出來的，但其實我不過是將不同的素材組合起來而已。我終於察覺種植蔬菜的是農夫，話雖如此，農夫能培育蔬菜，但卻不能夠創造出蔬菜的種籽。

我覺得自己從「我愛你濃湯」，學到了非常重要的知識。

雖然不知道「我愛你濃湯」到底有沒有效果，但後來蝸牛食堂又撮合了許多可愛的情侶，離巢奔向了外面的世界。

以此為契機，我接到了相親餐點的委託。

小酒館阿穆爾的客人中有一位出名的媒婆，她聽說了「我愛你濃湯」的故事，拜託老媽無論如何都要讓我接受委託。

男女雙方都已經過了三十五歲，媒婆鼓足了氣勢，一定要讓這次相親圓滿成功。

但我是反對強行撮合雙方的。不過如果雙方都有意，只是無法踏出第一步的話，那我覺得幫忙替他們牽個紅線，也未嘗不可。

根據媒婆的說法，他們兩位都相親過許多次，兩人的眼界都很高，不願意輕易允諾。男方是農家的繼承人，平常在鄰鎮的公家機關上班，只有週末幫忙務農。但是父母年事已高，很快就不得不回去繼承家業了。媒婆說：「他太害羞啦。」而女方則是高中的國文老師，是個「有氣質的美女」。

農家繼承人個子很矮，只有一六八公分，女老師則有一七五公分。然而這件事對雙方都不是大問題，看見對方照片的第一眼印象也都不錯的樣子。

唯一的問題在於他們喜歡的食物完全相反。

繼承人喜歡味道濃厚的魚和肉類為主的西餐，而女老師卻接近素食主義。不管怎麼想似乎都無法用同樣的菜單。就算情投意合結為夫婦，將來也有可能因為對食物的喜好不同而分手。這挺讓人擔心的。

「不管用什麼方法都可以，倫子，拜託啦。」

媒婆最後用彷彿撒嬌一樣的聲音說著，砰砰地拍了我的背才離開。

當天他們在媒婆家碰面之後，依照約定中午過後讓媒婆帶他們來蝸牛食堂。媒婆像是自己才是相親的主角一樣，穿著粉紅色的洋裝。兩位當事人好像很不好意思似地跟在她後面進來。

媒婆慣例說了一串話之後，然後就是：

「接下來就讓兩個年輕人自己看著辦，我老人家就先告退啦。」

她拋下這老套的台詞，朝我眨了眨眼就走了。

媒婆的紅色保時捷發動引擎急馳離開，連我在內留在當場的三個人都鬆了一口氣。我整理了一下心情，開始準備做菜。而食堂在媒婆離開後，幾乎聽不到談話的聲音。

考慮到兩個人對食物的喜好，最後我只想到一個方法。那就是只使用蔬菜的法國料理。大家可能覺得不用肉類或魚類做不出法國菜，但只要蔬菜本身夠力，就能夠當成主菜做出一套菜單來。我有個珍藏的殺手鐧。

我想起在法國餐廳打工時的經驗，非常細心地調味，擺盤則大膽而美觀，我依序完成每一道菜。

前菜是莓子沙拉。新鮮的芝麻菜、水芹和野莓拌煮過的巴薩米克醋。

第一道主菜是炸胡蘿蔔。帶皮的胡蘿蔔直切成兩半，裹上麵包粉，用植物油炸得酥脆。和搭配的蔬菜沙拉一起裝盤，看起來很像是漂亮的炸蝦。

第二道主菜是白蘿蔔排。把汆燙過的白蘿蔔和半乾燥的香菇放在一起炒。只用鹽、醬油和橄欖油調味。

兩位客人最初低著頭說：「喝水就好。」但吃到一半果然還是想喝點酒，就各自點了紅酒和白酒。雖然他們仍舊沒怎麼交談，但氣氛並不糟糕，從兩人的表情就看得出來。

接下來是嚴格來說可能不算法國菜的燉飯。燉飯裡加了菠菜泥、全麥和碎核桃，還有番茄乾和香芹，份量十足。

「我愛你濃湯」則是用廚房裡所有的蔬菜一起下鍋煮的。

洋蔥、長蔥、馬鈴薯、菠菜、南瓜、胡蘿蔔、甘薯、紅辣椒、牛蒡、蓮藕、白蘿蔔、白菜、花椰菜……還有從水渠那裡摘來的西洋菜、水芹和鴨兒芹。做蘿蔔排剩下的皮、胡蘿蔔鬚也全都放進去了。

我嚐了一口湯的味道，就覺得好像要昏過去了。連鹽都不用加，光是田裡的蔬菜就能煮出這樣的美味。

我趁著甜點紫薯烤布蕾還在烤箱烤的時候，忐忑不安地走向桌邊，拿出圍裙口袋裡的筆記本。

【請問兩位對餐點還滿意嗎?】

我把紙條放在兩人中間。

「第一次吃到這麼棒的蔬食料理!」

先開口的是女老師。接著繼承人也開口了。

「非常美味。這是特別從哪裡買來的蔬菜嗎?」

這些問題都在我意料之中,我心中非常雀躍。很快在筆記本上寫字,我太開心了,心裡想說的話手都跟不上。我著急地用手勢和動作,表示這些都是男方家的田裡出產的蔬菜。

「喔?」

繼承人一瞬間露出驚訝的表情。然後,望著他的女老師也神色一變。

其實幾天前我拜託熊桑,帶我到男方家裡的田地,要了一些蔬菜。不過這件事一直沒讓男方知道。照媒婆的說法，男方並不覺得自己是農家繼承人這件事是值得一提的。

但或許藉著這一餐，他的看法能有所改變也說不定。比起兩人相親的結果，我更樂見這一點。

就在此時，廚房的烤箱叮了一下，我急忙離開。在表面灑上砂糖，再用噴槍燒一下，表面焦脆，裡面黏軟，只靠紫薯本身甜味的紫薯烤布蕾就完成了。當然紫薯也是男方家的田裡產的。

我將甜點趁熱端到兩人面前，然後附上一大壺帶著微微花香的玫瑰茶。吃甜點的時候，兩個人終於開始交談了。

最後媒婆換了一身衣服再度出現，從蝸牛食堂把兩個人接走了。離開的時候，繼承人要跟我握手。那粗糙的手很有力量。

走到室外，夕陽已經西下。天空是紅鸛般的粉紅色。繼承人跟女老師跟來時不同，祥和愉快的表情，一直留在我心中，猶如美麗的朦朧印記。

然而，並不是村裡所有的人都歡迎我和蝸牛食堂。

傳聞擴散開來之後有一天，衛生所衛生管理課的幾個人找上門來。

原來好像是有人跟衛生所舉報這家店把燒焦的蠑螈加在料理裡。最年長的衛生所人員表示，據說把公母蠑螈烤焦磨成粉當成「媚藥」，加在對方的酒裡讓人喝下去，會有奇效。

燒焦的蠑螈這種東西我是第一次聽說，我很喜歡在水邊看活的蠑螈擺動手腳游泳，從來沒想過會有人烤乾了磨成粉。衛生所的人應該也理解我的感受，既然都來了，還是打開廚房的櫃子抽屜察看，最後決定沒有問題。

查完之後剛好午餐時間，大家一起吃了歡樂蓋飯才離開。

所謂歡樂蓋飯，是在白飯上加拿波里義大利麵，外婆想出來的吃法。是沒時間做飯時外婆的拿手好菜。外婆常常做飯給來察看藥箱的小販或是裝電話線的師傅吃。

燒焦的蠑螈可以一笑置之，但幾天後發生了更為嚴重的事件。

熊桑的朋友透過他得知我的電子郵件地址，寄了信來。本來應該起碼要在來店前一天面談的，但因為他很忙，所以就用電子郵件交流。

對方傳來的郵件總是很短，我想知道的事情他都寫不了一半，看來是個不想講自己事情的人。

可能只是聽了傳聞，想來吃一次看看。有這樣的客人也不奇怪就是了。

他只在下午三點到四點之間有空。於是當天特別破例接待兩組客人，在晚上的客人到來前，先替這位先生準備料理。他唯一的要求是預算一千日圓，我只問出他想吃三明治。

那個時間距離吃過午餐才兩三個小時，所以應該不用大份量的三明治吧。剛好算是下午茶的時間，於是我決定做水果三明治。

現在正是西洋梨的季節，我立刻坐上蝸牛號，前往村外的果園，選了做水果三明治時應該呈最佳狀態的梨子。在蝸牛食堂的廚房裡放置四五天，洋梨慢慢成熟，散發出微微的甜香。

當天我天沒亮就起床準備。連愛馬仕都還在呼呼大睡呢。

水果三明治用的麵包，是在英式吐司的麵團裡加上葡萄乾做的。葡萄乾從前一天晚上用水浸泡，膨脹柔軟起來。我不斷把麵團甩在廚房的流理台上，讓麵團細緻而充滿彈性。麵粉也是農家給的無農藥小麥粉。可能是我的心理作用，總覺得國產的麵粉在揉捏的時候觸感不一樣。揉好的麵團花時間讓它慢慢發酵。

奶油是一半用一直使用的鮮奶油，另一半用優格分離出乳清，只留下脂肪的奶油做的。優格的奶油跟印度的甜點「Shrikhand」是同樣的作法，以前戀人常做給我當點心吃。

晚上把優格用紗布包起來，吊在水槽上方，第二天早上，優格的乳清幾乎全被濾掉，只剩下濃郁的奶油。光是鮮奶油太濃，只用優格奶油又太淡，混合起來則濃郁中不失清淡，可以包裹住水分多的水果。這樣夾在麵包裡，也不用擔心水分會滲到麵包上。

葡萄乾吐司是中午過後出爐的。然後只要在客人來店之前做好就行。在此之前我開始準備晚上的餐點。

晚餐是以蝸牛食堂來說，人數很多的九人聚餐。他們似乎希望能撮合其中的某兩個人。我希望大家都能吃得開心，就用大砂鍋煮了馬賽魚湯。裡面的海鮮都是熊桑剛剛開著小貨車送來的。

回過神來已經過了下午兩點半，我急忙開始準備水果三明治。為了避免三明治染上海鮮的腥味，我用肥皂仔細洗手，連手腕都洗了、處理海鮮的垃圾全部裝在塑膠袋裡，然後放進愛馬仕專用的飼料桶裡。為了保險起見，我又用了牙粉和小蘇打的混合物再度仔細洗淨雙手。然後我用麵包刀專心切開葡萄乾吐司。拚命洗過的手因為牙粉的成分涼得隱隱作痛。

為了防止吐司染上濕氣，我在麵包表面塗上薄薄一層牛奶巧克力。比起苦味，奶味的巧克力跟奶油和水果更合拍。一口咬下，水果的汁液從鬆軟的麵包之間溢出，咀嚼的時候淡淡的巧克力味在口中散開。

鮮奶油和優格奶油混和，最後加上一點蜂蜜收尾。蜂蜜是來自附近以養蜂為興趣的上班族，我軟硬兼施跟他討來的。

最後，掐著客人到來前的最後一刻，剝了洋梨的皮，切成薄片，夾在塗了奶油的吐司之間，做成了三明治。切成容易入口的大小，放在盤子上，純白的吐司、乳白的奶油、白中帶綠的洋梨層次豐富，水珠般的葡萄乾成了可愛的點睛品。

男性客人到來時，我深深鞠躬表示歡迎，立刻開始準備。

這位男客看起來比透過郵件交流給我的感覺要老，頭髮白了七分。個子雖然小，但骨架結實，穿著藍白條紋襯衫和很有質感的藏青色毛背心，脖子上隨意圍著一條胭脂色的圍巾。

是比我想像中感覺要好的人。替初次見面的人做菜對我來說非常困難，在此之前有點緊張。

我立刻從他的表情和姿態判斷出他想喝的紅茶種類。然後燒水泡茶，讓他可以立刻開始用餐。

我泡的是一種叫做正山小種的紅茶，香味特殊，很有特色。水果三明治的味道如夢似幻，搭配這種紅茶，正好可以彰顯三明治的口感。要是覺得奶油味太重，喝一口正山小種，口中就會立刻清爽起來。我把水果三明治和紅茶一起擺上桌，如往常一樣跟芭蕾舞者般鞠躬退場，拉上簾子，悄悄待在廚房入口。

在我心中，吐司烤得剛剛好、葡萄乾發得正好，奶油的甜度跟洋梨的成熟度全都完美。這很可能是我至今做過的最完美的水果三明治。我心中充滿期待。然而這份期待轉瞬而逝。

「這是什麼玩意啊！」

突然傳來拍桌子的聲音。

桌子上的盤子跟茶杯都因震動喀啦喀啦地作響。

我急忙從廚房出來，趕到男客身邊。我完全不明白發生了什麼事。一開始我以為他在開玩笑，故意要嚇我；但是我又錯了。

「喂！」

男客帶著不悅的表情瞪著一根毛髮。而且正確地來說，是一根陰毛。

「三明治裡竟然有這種東西，這什麼破店！」

他用鞋尖踢桌腳，糖罐的蓋子哐噹一聲掉了。

我頭髮剃得跟尼姑一樣，而且還包著頭巾以防萬一。我總是非常小心不讓異物混進食物裡。這裡更不是摸摸茶咖啡廳，我在廚房工作的時候當然都穿著內褲和褲子。我視力也很好。剛剛東西端出去的時候我還確認過的。我做的三明治裡怎麼會有那種東西，絕無可能。

男客立刻站起來，走出蝸牛食堂。臨走時他還給我看他用數位相機拍的照片。一張夾著陰毛的水果三明治的特寫。

我心中湧起無處發洩的怒火。我自己受到怎樣的屈辱都無所謂，但是無辜的水果三明治無法成為令人喜愛的美食，真讓我非常難過。陰毛就那樣猥瑣地放在葡萄乾吐司上。

最近蝸牛食堂的剩飯都由愛馬仕包辦，但是這份水果三明治、我連讓愛馬仕吃都不願意。

嘔心瀝血做的水果三明治就這樣直接進了垃圾桶。這簡直就像把自己辛苦生出來的孩子活活扔進海裡一樣痛苦。

我的一滴眼淚，隨著水果三明治一起掉進了垃圾桶裡。

我在已經不熱的紅茶裡加了許多牛奶和糖，然後一口氣喝完。正山小種是無辜的。

舌尖一直殘留著些許的刺激感。茶水帶著燻製般的香氣在我鼻端擴散。

全部喝完之後，我稍微鎮定了一點。我深呼吸了一下，慌亂無措的心情也平靜了一些。

一樣米養百樣人。即便理智很清楚這一點，但並不表示心裡能接受。

後來我才知道，那個人一直在村外經營一家麵包店。熊桑告訴我最近他的店裡客人少了，經營陷入困境。

在網際網路發達的這個時代，就算不是真相的照片也能當成證據，要是真的想搞垮蝸牛食堂，應該也不是不可能。不過，一個星期過去了，一個月過去了，並沒有什麼讓蝸牛食堂倒閉的惡劣流言。

因為這件事受到最大打擊的人是熊桑。他非常後悔自己並不真的認識這個人，卻把他介紹給我。「小輪子，讓妳受罪了，真是對不起。」他不停地跟我道歉。

經過這次事件，我和熊桑在預約的時候都更加慎重地觀察對方；至於食物混入異物，雖然並不是我的疏忽，但我自此更加謹慎了。

或許這正是料理之神為了不讓我以為蝸牛食堂已經步上正軌而驕傲自滿，特地派來提醒我的惡作劇天使吧。

十一月底的時候，那個妹妹頭的女孩子突然衝進蝸牛食堂。乳房山頂已經開始泛白，像是戴上了蕾絲胸罩。

時近傍晚，天氣似乎要變了，我正為當晚預約晚餐的六人家族，準備做漢堡。

女孩的樣子十分著急，跟那天陰沉的天空一樣，表情好像馬上就要哭出來了。

「請幫幫我！」

女孩看著我，用哀求的聲音說道。

我雙手都是漢堡肉餡，也沒辦法準備筆談本子，只能歪著頭看向她。這附近沒聽說過有色狼出沒，要是這樣的話可就糟啦，我腦中浮現了不愉快的想像。

但這也只是一瞬之間。女孩把書包放在地上，像是處理危險物品一樣，小心翼翼地從手上的紙袋裡拿出一個盒子。

她大紅色的舊書包上掛著一個破破爛爛的御守，上面是成熟女性的筆跡，寫著她的名字。她叫做小梢。

她小心翼翼地用手掌托著盒子，走向桌邊，然後把盒子輕輕放在桌上，打開蓋子讓我看。裡面有一隻兔子。

「牠快不行了，拜託你，救救牠！」

小梢說著，直直看著我。

我判斷小梢的狀況比兔子緊急，趕緊先洗了手，替小梢弄點喝的。

蝸牛食堂在火爐加柴生火之前，就算在室內也冷得跟冰箱裡一樣，呼吸都看得到白霧。於是我準備了熱可可，先溫暖她的身心。

我在廚房用小刀把巧克力削成薄片，放進陶瓷鍋裡小火加熱，再加進牛奶。小梢把裝著兔子的盒子緊緊抱在小小的膝上，雙腳顫抖。

在加熱可可的時候我拿起旁邊的筆談小本子，翻到新的一頁，用小孩一樣的字體寫了大大的三個字：「怎麼啦？」因為怕可可燒焦，我右手拿著攪拌器不停攪拌，只好用左手寫字，結果字跡就跟小孩一樣。

可可熱得差不多的時候，我加上許多蜂蜜，然後滴了幾滴最高級的白蘭地提味。過了五分鐘，發泡的鮮奶油像雲朵一樣浮起，我在上面放了一片新鮮的薄荷葉。薄荷有鎮定作用，剛好適合現在的小梢。

我端著煮好的可可和筆談小本子，走向桌邊。小梢仍舊緊張不安，冷得發抖。

我立刻讓小梢看筆記本。

然後我把可可倒進兩個拿鐵杯，把一杯遞給小梢。

我示意她「請用」。小梢仍舊把裝著兔子的盒子放在膝上，毫不遲疑地朝拿鐵杯伸出手。小梢小小的指甲上，用彩色馬克筆畫著小兔子。在可可冒出的熱氣中，小梢眼中的緊張似乎一瞬間放鬆了一下。

小梢喝了一口可可，一口氣跟我說了兔子的事情。

大約一個星期之前，小梢放學途中在路邊發現了這隻兔子。那時候兔子裝在比較大的紙箱裡，還有乾草和飼料。箱子裡有原主人的字條。小梢從口袋裡拿出那張字條給我看。

【因為種種原因，沒辦法繼續飼養了。】

白色的紙上印著這些字。

小梢把兔子帶回家。

但是小梢的媽媽不喜歡小動物，不讓她在家裡養兔子。媽媽生氣地叫她把兔子放回原來的地方，但小梢覺得兔子很可憐，沒辦法拋棄牠。所以她瞞著媽媽，晚上把兔子藏在自己房間的壁櫥裡，白天則帶去學校照顧。但是兔子漸漸沒有了食慾，從大約兩天前開始就完全不進食了。

小梢一口氣把故事說完，用雙手捧著拿鐵杯，把剩下的可可全喝光了。

她一定是擔心小兔子，晚上睡得不好吧。

可能是加了白蘭地的可可起了作用，小梢的表情放鬆了下來。

我從小梢膝上拿起裝著據說得了厭食症的兔子的盒子，湊近了觀察。鼻端有一點草原的味道。

兔子的毛皮像是刷得乾乾淨淨的水槽一樣，泛著漂亮的銀灰色。

耳朵內側是淡淡的鮭魚紅。

眼睛像咖啡凍一般漆黑明亮。

一切都無言地訴說這隻兔子一直都受到悉心的照料。

至少在我看來是如此。

而且棄養這隻兔子的主人並沒有虐待或是施暴。這點對小梢和我來說，可算聊堪告慰。

這次我好好用右手拿著筆，在小本子上寫下一句話，遞給小梢。

【把小兔子留在這裡一天好嗎？】

小梢看完，緊緊抿起鮮紅的嘴唇，用力地點了一下頭。

要是我能創造奇蹟，小梢一定會成為信賴所有大人的孩子。

但要是我辜負了她的期待⋯⋯⋯

小梢可能會恨我一輩子。然後從此對大人們說的每一句話，都抱著懷疑的態度。

我只有二十四小時。必須在這段時間內做出成果。

小梢和我約好明天這個時候再來，就背起書包獨自在北風中離開了。

但是，得了厭食症的兔子該怎麼辦呢。

蝸牛食堂裡只剩下我和小兔子，我深深嘆了一口氣。

就算這裡是與眾不同的食堂，也沒辦法做菜給厭食的兔子吃啊。

厭食症的人都很難對付了，常常都是在接受各種專業心理諮商之後，才勉強能吃下一口食物，更別提動物了。無法溝通當然不能諮商，也不能讓牠畫畫，分析深層心理。我把裝著小兔子的箱子放在膝上，束手無策。

我朝著自己的手吹氣，把手吹暖，以免嚇到小兔子，然後戰戰兢兢地碰了一下兔子的背部。

凸出的脊樑骨。

確實很瘦。

耳朵沒有力氣，乳白色的細鬚也無精打采。用手指夾住牠毛線球一樣的圓尾巴，牠也無動於衷。就算我現在使勁搔牠癢，顯然牠也不會做出任何反應。

我用手慎重地滑過兔子的腹部，用雙手把牠捧起來。牠的心臟就在我掌心裡快速地跳動，簡直像是我直接握著兔子的心臟一樣。

這隻兔子是活著的，這就是證據。然而除了心臟以外，牠全身就像麻糬一樣綿軟，一動也不動。

我從正面看著兔子，但牠的視線沒有焦點，不知道在看哪裡。咖啡凍一般漆黑的眼睛，彷彿正看著遙遠的過去。就像望進以前古老的水井那樣，深不見底的陰暗，看著就覺得心緒不安。

「兔子有氣無力，孤獨而絕望……」

我要是動物心理諮詢師的話，一定會把所見所聞這樣記錄下來。

我放棄了讓兔子有所反應，輕輕把牠放回原來的箱子裡。

今晚的客人是一家六口。

來預約的是掌管家務的女主人。他們一家在村裡的溫泉街經營洗衣店。

他們要為同住的爺爺慶生。

然後女主人的要求是，他們全家都要吃兒童餐。

因為我們家爺爺，有點痴呆了……

幾天前特地來面談的女主人，在提到這一點時特別強調了語氣。

昨天晚上做好的抹茶紅豆戚風蛋糕已經放在冰箱裡待命。生日蛋糕蠟燭的數量是八十五根。但是，要全部插在蛋糕上是不可能的，所以我準備了八根粗蠟燭和五根細蠟燭。

然後就算好時間，開始做雞肉炒飯、漢堡，等客人一家到來。剛剛添柴生火的火爐已經熊熊燃燒，蝸牛食堂裡十分溫暖。

我利用僅剩的空檔，把做兒童餐用的糖煮胡蘿蔔放在兔子用的小盤子上，用叉子背面壓碎。因為之前來相親的那位農家繼承人家裡出產的胡蘿蔔品質實在太好了，所以我現在定期跟他購買。我試吃了一口，有點淡淡的甜味，雖然煮了很久，還保留著口感。

我搬來一個做沙發床時剩下的葡萄酒木箱，在裡面鋪上報紙，把裝著胡蘿蔔泥的小盤子和小水碗放進去。然後搬到廚房裡不會太熱的地方，再去拿裝兔子的盒子。

再度抱起兔子，牠還是跟麻糬一樣軟趴趴的，要不是用手感受到心臟的跳動，簡直不知道牠到底是生還是死。小兔子無精打采，彷彿已經喪失了求生的意志。

總之先把小兔子放進新家。小梢帶來的盒子我覺得有點小。這個木製酒箱放在廚房一隅，我就算空不出手來，也能觀察到小兔子的狀態。

我蹲在木箱旁邊，拿試吃的小茶匙舀了胡蘿蔔泥送到兔子嘴邊。要是不想吃固體食物，那喝點水也好；我又試著把水送到兔子嘴邊。但小兔子仍舊像是在凝視著遙遠的過去一樣，眼神茫然，對蔬菜和水都沒有反應。我突發奇想，用胡蘿蔔的葉子搔牠的鼻尖，但果然還是沒用。

看來這隻兔子真的得了厭食症。

就這樣，不知不覺到了準備兒童餐的最後階段。

總之我努力先將兔子的事拋到腦後，專心準備兒童餐。今天突然來了厭食症的兔子，所以沒有足夠的時間準備，這種理由跟客人毫無關係。要是讓這種事影響料理，那我就不配當專業的料理人。

我把瓦斯爐的火嘴全部打開，同時煎漢堡、炒雞肉飯、炸蝦和炒南瓜。

我從餐具櫥裡拿出白色的大盤子，輕輕用餐巾擦過表面，把六個盤子排放在流理台上，然後將做好的食物依序裝盤。

我做過非常多的料理，但並沒有刻意做過兒童餐。

但現在做好的兒童餐顏色鮮豔，蔬菜和海鮮、肉類的營養均衡，無論是外觀或內容，都是我自己認可的程度。

女主人說過：「我們家的人食量不大。」所以我做的份量比較少，但是大人應該也不會吃不飽。

我遲疑著要不要在盤子中央圓圓的雞肉飯上插旗子。最後在剩下十五分鐘的時候決定還是需要，於是就用牙籤和紙做了小旗子，然後用抽屜裡的黃色蠟筆在上面畫了蝸牛。

過了不久，女主人一家就開著房車抵達了。

這家人裡並沒有能稱為「兒童」的孩子，讓我吃了一驚。

哥哥是穿著立領制服的高中生，看起來已經是個大人了。妹妹則穿著本地中學的運動服，她的面容跟體型還有些稚氣，但並不會是會想吃兒童餐的小朋友。

行動不便的老奶奶坐在輪椅上，推著輪椅慢慢前進的就是前幾天女主人說「有點痴呆」的老爺爺。老爺爺像是戴著鐵面具一般面無表情。

當這家人坐下開始吃飯就知道了，老爺爺的痴呆可不是「一點」而已。我也明白女主人想隱瞞這件事的心情。想吃兒童餐的不是孩子們，而是主賓老爺爺。

老爺爺面無表情地看著眼前的兒童餐，有時候慢慢地，有時候瘋狂地把食物往嘴裡送。他不用筷子、湯匙和刀叉，全部用手抓。有時候嘴裡塞著食物還嘟嘟囔囔，像念咒語一樣不知說些什麼。然而不僅我不明白，連長年跟他一起生活的家人也不知道他在說什麼。

我遠遠地觀察，老爺爺好像認為行動不便的老奶奶是他媽媽。然後把兒子跟兒媳當成陌生人。至於兩個孫子好像是「戰友和戰友的女朋友」這樣的設定。他有幾次突然口出污言穢語，讓全家人都面紅耳赤。

即便如此，老爺爺的言行舉止無論多麼離譜，這家人都不制止，而是配合他的速度一起吃著兒童餐。

兒童餐份量不多，六個人都一下子吃完了。

我立刻撤下空盤子，換上新的桌布，很快準備了生日蛋糕。

事前女主人跟我說過，他們時間不多。

於是一家人在關了燈的蝸牛食堂裡，圍著點了蠟燭的生日蛋糕，一起拍手合唱：「Happy Birthday to 爺爺」。

最先哽咽的是女主人有點走音的女高音。

接著感染了女兒、然後是兒子、之後是先生，更像傳染病一樣傳給了老奶奶，最後變成淚聲大合唱。

生日歌唱完，大家一起說：「爺爺，生日快樂」的時候，並沒有啪啪啪的掌聲，而是接近悲鳴的啜泣聲。這麼說很難聽，但氣氛簡直像是爺爺死了一般悲傷。

即便如此，爺爺仍舊面無表情地用微弱的氣息吹滅蠟燭，蝸牛食堂頓時陷入靜寂的黑暗中。

一家人默默地吃著生日蛋糕。

這家人到底發生了什麼事？

爺爺確實痴呆了。但是這家人為爺爺舉辦了生日宴會，還準備了他喜歡的兒童餐，然後大家哭成一片。就算爺爺喪失了過去的記憶，不記得家人的名字，但在壽宴上大家痛哭是怎麼回事呢？

謎底在大家起身，女主人走到廚房入口來結帳時揭曉了。

「我們現在要送他去養老院……」

女主人強顏歡笑地說。

「我們家六個人，一直都生活在一起，所以心裡很難受……

但是今天多謝妳了。

我們爺爺不知道為什麼，吃完兒童餐，就睡得很熟。所以趁著他睡著的時候送他去養老院，很久以前就這樣決定了。」

女主人勉強鎮定地說完，深深嘆了一口氣。

爺爺以前一定是個溫柔又可靠的人吧。

他不肯讓別人替行動不便的老奶奶推輪椅。一直到最後，他都拒絕其他的家人幫忙。

女主人接過找錢，說道：

「但是，也不是以後就見不到爺爺了。」

她繼續說：

「我們還會再來的，請再替爺爺做他喜歡的兒童餐。今天的料理比我做的好吃太多了。」

女主人鎮定地說完之後，快步走向家人們都在等待的房車。車身上印著大大的洗衣店店名和電話號碼。

我走到外面，目送他們離去。

月光一瞬間照亮了坐在後座窗邊的爺爺的臉。

今晚是滿月。

爺爺呆呆地張著嘴，不知在看宇宙的哪一個角落。我不知怎地覺得爺爺早就知道自己將要去往何處。

老爺爺的表情立刻和往前開的房車一起，消失在晚秋的寒夜裡。但是我沒有錯過他的表情。因為他的眼神就和得了厭食症的兔子一模一樣。

目送他們離去，我回到廚房，蹲下來觀察兔子的狀況。

兔子仍舊是沒醒沒睡的樣子，無力地攤著四肢躺在木箱裡。

你這樣下去會死的喔。

我在心裡跟兔子說。然而沉默的兔子毫無反應。

我之前用馬克筆在碗外面標記了水量的位置，現在也並沒有減少，至於胡蘿蔔泥，也維持著之前放下去的形狀，並無改變。

但我在這種絕望的情況下，還是沒有放過一絲希望的微光。

那是剛才我把那家人的生日蛋糕從冰箱裡拿出來的時候。

小兔子微微抬起頭，瞥了蛋糕一眼。

不巧的是生日蛋糕必須完整地端出去才有意義，沒辦法分給小兔子一塊，但那時兔子的舉動讓我覺得是對牠過去的某種暗示。

我這麼想著，在腦中任意描繪這隻兔子之前的故事。

廚房整理好之後，我決定幫兔子做餅乾。

從兔子光亮的毛皮，以及裝牠的盒子和字條看來，以前一定受到精心的照料。也就是並不是飼主不愛牠了。印刷的字條雖然可能給人無情的印象，但反過來說也可能是壓抑著複雜感情，結果只表達出十分之一吧。

這隻兔子很可能是有血統書的純種。

我對兔子沒什麼瞭解，但無論怎麼看都很有氣質，跟一般學校裡養的小兔子品種不同。也就是說，之前飼養這隻兔子的家庭應該很有錢。然後兔子受到百般呵護，被當成家族的一員。

這是第一階段的推理。然後我邁向第二階段。

然而不管怎麼用心飼養，也可能碰到照顧牠的老奶奶突然去世，或是搬到不能飼養寵物的大樓這種這樣光靠家人的愛情無法跨越的難關。對了，就像剛剛一起吃完兒童餐離開的那家人的老爺爺一樣。

家人想跟老爺爺一起生活，老爺爺也想跟家人一起生活。

但是當這種願望無論如何都無法達成時，家人就必須做出痛苦的決定。老爺爺應該也隱約地感覺到家人複雜痛苦的決定。

兔子應該也是一樣，察覺了一起生活的飼主面對了各種難關。雖然兔子跟老爺爺都一言不發，但卻有著同樣的表情。

即便理解對方的立場和心情，但孤單的苦楚並不會改變。

小兔子在被拋棄的盒子裡看著什麼呢。

光是想像，我就想逃跑。一片黑暗。有人走近的腳步聲。遠去的聲音。微弱的光線。無法用言語表達的，孤獨和寂寞。

悲傷的兔子想再度見到主人，想快點回到主人懷中，牠是不是在黑暗中哭泣？就算沒有流下眼淚，心裡卻嗚嗚地哭泣。然後哭累了，只剩下一片茫然，對活著這件事絕望了。這份絕望可能現在仍舊持續。所以牠不吃東西了。

我一面用雙手混和做餅乾的植物油、砂糖、核桃、全麥粉和水，一面想像兔子的過去。當然這一切可能只是我的妄自推測。

那時我心想，小兔子一定是在不虞匱乏的家庭裡，常常吃到美味的甜點吧？所以剛才一瞬間對戚風蛋糕香甜的氣味有了些微反應。

所以要是有甜點的話，牠或許願意吃也說不定。

我把揉好的餅乾麵團在烤盤上薄薄攤平，灑上乾燥的薰衣草花。情緒低落的時候薰衣草有安撫的作用。我用刮刀把麵團切成適合兔子食用的小塊，然後烤箱預熱到兩百度放進去烤就行了。

老爺爺已經抵達養老院了吧。希望他一直熟睡，不用經歷和家人分別的痛苦。

今夜我想睡在蝸牛食堂裡。

小三夫人睡在葡萄酒箱做的簡易沙發床上，夢到了過世的愛人。這次我為自己準備床鋪。

餅乾烤好了，也稍微放涼了一些。

明天早上愛馬仕吃的麵包也已經揉好了麵團。

今天是始於動物也終於動物的一天。

正確說來，今天還沒結束。

在厭食症的兔子開口吃東西之前，我的今天就不算結束。

送兔子過來的小梢，眼神中充滿對我的信任，像被釘子固定在我腦中的第一顆星那樣，想忘也忘不了。

我說到就得做到。

我想起「責任」這兩個字，把厭食症的兔子抱在懷裡，鑽進被窩。冬天的腳步已經近了。火爐一熄滅，蝸牛食堂的空氣就冷冽起來。

我並沒天真到以為兔子會立刻信任我。只是覺得要是這隻兔子曾經受到主人一家的寵愛，那牠現在應該需要人的溫暖陪伴。我要是兔子，也想被人默默地擁抱。

我躺在沙發床上，和兔子面對面。然後把剛烤好的餅乾放在掌心，另一隻手則一直撫摸著兔子。

被窩裡慢慢浮出了薰衣草和餅乾的香甜氣味。燈關掉之後，只有兔子咖啡凍般漆黑的眼睛反映著窗外的光線。我摸著兔子，靜靜閉上眼睛。

那天晚上，我守護著兔子的呼吸。

我不時就會猛然睜眼，戰戰兢兢地用手掌探查一動也不動的兔子的鼻息，然後迷迷糊糊地數著手上的餅乾數量，很可惜，一塊也沒少。

我繼續淺淺地睡著。

其實我也不知道自己是睡是醒。

我好像一直在思考。

擔心兔子會不會就這樣死掉，惴惴不安。

然後猛然發現自己還做了惡夢。雖然昨天才剛認識，但我已經成了小梢和厭食症兔子的朋友了。

不想讓朋友傷心。不想讓朋友死掉。

天空開始泛白，小鳥婉轉的鳴叫從外面的世界傳來。

手掌有異樣的感覺。我睜開眼睛時，蝸牛食堂已經沐浴在明亮清朗的光線下。亮得我一時之間晃了眼。

我好像睡得比平常久。

外面的世界已經充滿了活力。

而且！

那隻厭食症的兔子，竟然正執拗地用粉紅色的舌頭舔我的掌心。牠兩隻耳朵像吸飽水恢復生機的植物根莖一樣直直豎立，鬍鬚也跟昨日不同，生氣蓬勃。

更有甚者，我手中的餅乾已經一塊不剩，完全消失了。

一瞬間我以為是自己睡著時掉到地上去了。但並非如此。餅乾確實是兔子吃掉的。

我滿懷愛意擁抱兔子。溫柔地不壓到牠，但充滿了愛心。我在箱子裡放進更多的餅乾，換了碗裡的水，把兔子放進箱中。

兔子耳朵上青色和紅色的毛細血管在陽光下像是美麗的刺繡。

太好了。我因為能實現對小梢的承諾而自傲。

接著我急急去準備愛馬仕的食物。愛馬仕的叫聲從遠處傳來，彷彿在催促早餐。

到了下午，幾乎和昨天同一時間，留著妹妹頭的小梢臉色發青地到蝸牛食堂來了。

我立刻讓小梢看恢復活力的兔子。

牠活潑地在蝸牛食堂中蹦蹦跳跳，雖然有點可憐，我還是把以前戴過的手錶套在牠脖子上，然後繫上繩子讓牠在外面的香草園裡玩。

沒想到兔子並不抗拒被綁住。牠非常順從。這也是我的猜想啦，但兔子可能因為被綁住反而有了安全感也未可知。對牠來說那不是束縛而是羈絆。

小梢生硬地抱起兔子。

小兔子好像會壞掉，所以在此之前一次也沒有抱過的樣子。可能兔子患了厭食症也跟這有關係。

趁著小梢跟兔子玩耍，我立刻開始準備午茶。

幾天前我自己去附近的森林裡撿栗子，做了糖漬栗子，然後用形狀不好的栗子做了蒙布朗。本來是要給晚餐的客人當甜點的，但為了萬全起見還是多做了一點。茶壺裡準備的是適合搭配濃郁蒙布朗的伯爵茶。

雖然天氣已經冷了，我還是在外面準備了桌椅，膝上蓋著毯子，跟兔子和小梢一起喝了下午茶。小梢把兔子放在毯子上，緊緊抱著牠。昨天還滿臉驚恐的小梢，現在笑得好開心。

這二十四小時雖然肉體疲勞，但精神非常充實。

兔子從小梢紅葉般的手掌上吃著蒙布朗。蒙布朗裡有奶油還加了酒，我有點擔心，但兔子吃完小梢分給牠的部分，還意猶未盡地用淺桃色的小舌頭催促小梢再來一點。真是喜歡甜食的兔子啊。小梢也帶著跟兔子一樣可愛的表情，鼓著面頰吃了蒙布朗。

開了蝸牛食堂真是太好了。

我望著微微泛白的乳房山美麗的稜線想著。

「我媽媽答應了，可以在家裡養兔子。非常謝謝您！」

小梢把兔子抱在胸前，用清亮的聲音在晚秋的天空下說道。

小酒館阿穆爾門口有一隻鹿在看這裡。

冬天馬上就要到了。

魔術秀某一天突然出現。

十二月有個早晨，我拉開窗簾看見外面一片雪白。

耶誕節的客人是一對私奔到這個小山村的男同志情侶。對他們而言這次旅行是秘密的蜜月。我不想破壞他們倆甜蜜的氣氛，就讓熊桑幫忙，晚上把料理外送到他們住的湖畔小屋去。

把料理送完的回程上，不知怎地，我覺得自己像是耶誕老人一樣。分明滴酒未沾，熊桑和我都很亢奮。雪車在雪花飛舞的夜道上奔馳。

光是料理食物，就能讓我體內每一個細胞都為之迷醉。

能為了某個人做料理，真的打心底覺得幸福。

謝謝，謝謝。

對著隆冬的夜空叫幾回都不夠，用能讓全世界的人都能聽到的聲音，一直叫到心聲枯竭，我想將自己的心情傳達給大家。

途中我和熊桑停下雪車，搭著肩膀抬頭看耶誕節的夜空。

雪停了一下子，空中有無數的微光，如燭火般閃爍。

那個星空彷彿有魔法，讓我覺得如果熊桑願意的話，我甚至可以親他一下。冷冽的空氣滲透了五臟六腑。

後來那對情侶寄了非常棒的耶誕禮物到蝸牛食堂來。

年底我用小蘇打給廚房來了個徹底大掃除。除夕那天，雖然只是做個樣子，我也準備了年菜。

外婆還活著的時候，每年都會做豐富的年菜。做好的年菜裝進套盒裡，形成幾何狀的圖案。我每年看著做好的年菜，都會入迷。我們一面看電視上的紅白歌會，一面吃跨年的蕎麥麵，過了十二點就喝屠蘇酒，互道新年快樂。正月裡兩人一起吃年菜，喝日本酒。這是外婆和我年復一年的正月風景。

外婆過世，我和戀人同居之後，就在那小小的公寓裡用印度的方式慶祝新年。印度過年時一定要穿新衣服。我也只在那天穿上印度未婚女子穿的旁遮普服。輕薄的上等絲質長上衣，配上寬鬆的褲子，脖子上繞著長圍巾。然後吃叫做古加古古拉的印度炸麵包，裡面加了腰果、椰果和杏仁。

這個味道一定和正宗的印度滋味相差甚遠。但只要能兩個人在一起過年，就很幸福了。

這年冬天，老媽從年底到新年間，和小酒館阿穆爾的常客一起到夏威夷打高爾夫和購物去了。媒婆也跟她們一起。於是我自己一個人過了新年。當然家裡還有愛馬仕。我把做個樣子的年菜放進保鮮盒裡，一面看著愛馬仕一面跟牠祝賀新年。

新年快樂。

跟愛馬仕說話，當然沒有回應。

為了放鬆心情，我有時間就替愛馬仕刷洗身體，偶爾還讓牠在雪原上自由活動。再有空就用專用海綿去掉平常看慣了沒管的杯子茶垢。

就這樣，蝸牛食堂正式進入了冬眠期。

因為下雪，交通方式受限，住在村外的客人想來也來不了。以前一天來回好幾次的迷你巴士，現在已經減為一天一班，早上離村，晚上回來。

高空彈跳台冬天也因為下雪封閉。迷你巴士幾乎沒有乘客。要從村外來蝸牛食堂吃飯，就必須在村裡過夜。溫泉街是有少數旅社，但現在幾乎沒有去溫泉街的交通工具。走路的話大概要兩小時。

而且我仍舊無法發出聲音。

據說生物的器官若是不使用就會漸漸退化。

我記得以前小時候不知怎地在小酒館阿穆爾的櫃臺上吃杯麵的時候，喝醉的客人笑著說：「人妖啊，小雞雞不用的話，就會越變越小喔～」那我的聲音是不是也已經枯萎，只要用鑷子輕輕夾一下，就會離開我的身體，永遠失去居所。

但是我覺得就算這樣也無所謂了。我有料理這個堅強的伙伴。做料理跟食慾、性慾、和睡眠一樣，是我生命的支柱。聲音並不是做料理必須的機能。

我和老媽仍舊處於冷戰狀態。

我能愛幾乎所有的人和生物，但只有老媽我無論如何也無法打從心裡喜歡她。我討厭她的心情跟我愛其他事物的程度一樣深重。真的就是這樣。

我覺得人無法一直保持澄澈的心境。

每個人心中都裝滿了泥水，只是混濁的程度有所差別而已。

就算是某個國家高貴的公主，腦中也一定曾經閃現過不能出口的污言穢語；即使是一輩子關在監獄裡的死囚，用顯微鏡無限放大來看，心中應該也會有寶石碎片般閃耀的地方。

所以我為了保持泥水的清靜，決定要盡量安靜。

魚在水裡游動就會讓水混濁起來，只要保持心境平穩，泥沙就會慢慢下沉，上層的水就會變得清澈。我想一直保持清澈。
和老媽的爭執對我來說就是污泥。只要我靜下心，就不會混濁。所以我盡量不和老媽接觸，從某種意義上來說就是一直無視老媽的存在。我相信這是我保持心靈純淨唯一的方式。
我就這樣茫茫然地過了一個月。

有一天熊桑突然到我家來。
「小輪子，要不要一起去看紅蕪菁的故鄉啊～」
那天很難得地，從早上開始就一直放晴。
熊桑已經穿著全套防寒滑雪服，準備萬全。他邀我去耶誕夜給男同志情侶做菜用的紅蕪菁田。
說走就走讓我很驚訝，但能見到培育那麼優質的紅蕪菁的農家，這個機會實在難得，我也想感謝他們願意將這麼貴重的寶物讓給我，於是就跟熊桑一起去了。

我穿上紅色登山裝和深藍色的滑雪褲，腳上是平常穿的長靴，就這樣出發。熊桑開小貨車開到不能前進的地方，然後套上雪鞋，一起徒步在雪原上前進。

我們的目的地在乳房山背面的陡坡上。當然現在覆蓋著一片白雪，但據說紅蕪菁就在雪下。

「我想讓小輪子看一次從那裡眺望的景觀～」

熊桑氣喘噓噓地說。他的背包裡不知道裝了什麼，好像很重。

熊桑走在前面，我跟在他後面，兩人沉默地走著。在雪原上一步一步地印下我們的腳印。每跨出一步，腳下就響起野兔叫一樣的聲音。

那裡是一望無際的冰雪世界。天氣晴朗，白雲在天空的海洋裡悠游。

我們走到平坦的雪地上時，熊桑突然停下腳步，轉頭突兀地對我說：

「雪花蓮。」

我順著熊桑戴著工作手套的手望去，細長的莖上綻放著低垂的白色花朵。不只一朵，而是一片的雪花蓮爭相綻放。

「我想讓希紐莉塔看，好幾年前就開始種了。可是希紐莉塔在的時候都沒有開花，她走了之後才開呢。很可愛的花啊。」

我們欣賞著雪花蓮，稍事休息。雪花蓮像是雪地上突然出現的精靈。這麼寒冷的雪原上，生命也能好好萌芽。

小鳥們在光禿禿的樹梢上互訴愛語。

我感覺汗從背上流下，深吸了一口氣。然後我們再度沿著河邊的小路前進。一陣風吹過雪原，帶著淡淡的甜味。

「到啦～」

熊桑這麼說的時候，我身體已經熱起來了。

我們走進山腰上一座工作屋般的小木屋裡。裡面有一個跟熊桑年紀差不多大的男人。紅蕪菁就是他種的。他旁邊是一個跟他長得像雙胞胎似的嬌小女子，那是他太太。這對夫妻守護著從古到今，世世代代傳承下來的紅蕪菁種子。

【日前承蒙您們贈與非常優質的紅蕪菁，非常感謝。】

我立刻從籃子裡拿出筆談本子跟鉛筆，準備寫下這句話。

然而我的手指凍僵了，沒有力氣寫字。熊桑察覺了我的狀況，代我表達了我想說的話。

熊桑的大背包裡裝的是大家一起分食的便當。

「每次都是小輪子請我吃飯呢～」

熊桑笑著說，把保鮮盒一一打開，放在桌上。

「不知道我媽媽做的菜合不合你們胃口，吃吃看吧～」

燉什錦、厚蛋捲、炸雞、飯糰以及醃蘿蔔乾等在小桌上擺得滿滿的。我肚子餓了，立刻開吃。

熊桑的媽媽做的便當，跟外婆做的清淡卻入味的高級口味，或是老媽那些滿是化學調味料的食物都不一樣。燉什錦裡的芋頭、牛蒡和胡蘿蔔都柔軟到入口即化的地步，高湯是用小魚乾取的，放了整條沙丁魚。厚蛋捲很結實，用砂糖和醬油調味，又甜又鹹。飯糰裡有大塊的烤鱈魚子。

越嚼越有滋味。雖然沒有高級餐廳的松花堂便當那樣豪華，但卻是回歸本我，紮根於大地的美食。

「這種吃起來最安心了不是嗎。」

紅蕪菁農家的太太大口嚼著飯糰說。我也有同感。

然後我才猛然驚悟。

我已經很久沒有吃過別人做的菜了。

以我喜歡的口味來說，飯粒實在太軟了，但我還是吃了很多飯糰。熊桑的媽媽為了我們著想而做的便當，讓我們從腹內溫暖起來。我們吃的不是飯粒，而是熊桑媽媽的愛意。

好懷念。這種感覺我以前也有過。

我彷彿陷入了舊日重現的情景。隨著記憶前進，就出現了外婆的背影。站在整潔廚房裡的外婆背影。熊桑的媽媽做的便當，和外婆做的飯都注入了相同的感情。我嘴裡嚼著飯粒，一瞬間幾乎要掉下淚來。

喝了農家太太泡的魚腥草茶之後，我們四個人走到屋外的紅蕪菁田。扒開雪，底下有許多紅蕪菁。據說埋在雪裡能增加甜味。

「來，吃吃看。」

他們說著遞給我和熊桑一人一個。我咬了一口，真的水嫩到汁液四濺的地步，清爽的香味，甜味和辣味平衡得恰到好處。他們說想吃多少都可以，我跟熊桑就毫不客氣地吃起來。我現在才知道，即使是同一個人在同一片田地裡種的紅蕪菁，每一個味道都大不相同。

天清氣爽，積雪的樹林間可以看到海。海和天之間顏色有著微妙差異的境界線無限延伸，像是用尺劃出來一樣直。

從山裡回來的路上，我不小心在有點陡峭的下坡路上滑了一跤。被雪覆蓋的地面上結了冰。

我一屁股跌坐下去。

「妳還好嗎？」

走在前面的熊桑立刻回頭走過來。我嘿嘿地笑著吐舌頭，然後搭著熊桑的肩膀想要站起來。可是才剛站起來，腳上就無法使力，又跌回雪地上。雖然沒有骨折，但滑倒時好像扭到了左腳踝。要是忍著痛，可以設法慢慢走。

我再度試著左腳不用力，靠右腳站起來。

「小輪子，這個妳拿著～」

熊桑卸下背包交給我。便當吃掉了，包包很輕。我不明白他的意思，張著嘴呆呆地看著他。熊桑走到我面前背對著我。

「來，我背妳，別客氣～」

他要背我。

「我還背得動一個小輪子。」

熊桑仍舊背對著我說。

我不知道如何是好，只能趴在熊桑背上。

「嘿～喲～」

熊桑吆喝一聲，慢慢站起來。我的視線晃動了一下，平常看慣的視野突然變高了。熊桑呼呼地喘氣，邁步往前走。

當時也是這樣。我自己一個人在小學的走廊上哭，熊桑也是讓我趴在他寬闊厚實的背上，帶我去平常無法進入的職員室，還給我看在鍋子裡熟睡的睡鼠。

後來我長大了，月經也來了，去了大都市、有了戀人、然後失戀、成為蝸牛食堂的老板兼主廚，有了各式的經驗，但現在仍舊這樣仰賴著熊桑的後背。熊桑這樣幫助我照顧我，我卻總是在麻煩他。可能是因為平常看習慣了，我忘了腿腳不好的其實是熊桑。即便如此……

為什麼熊桑對我這麼好呢？

我在心裡這樣問熊桑。

熊桑就恰巧在這時候突然開口。

「因為媽媽聽了我很多牢騷啊～」

媽媽指的是我老媽。

「希紐莉塔離開以後，我真的很崩潰啊～喝很多酒，拿媽媽出氣，做了好多壞事～但是媽媽總是笑著聽我抱怨，我說了很多污言穢語，她全部都當耳邊風～」

接著他說了我一直都不知道的事。

「那天也是啊～媽媽打電話給我，說女兒回來了，要我幫忙，說她正在爬無花果樹，我能不能去看一下這樣。

所以我就聽媽媽的，立刻過去啦～

我不管怎麼跟媽媽道謝，都是不夠的啊～」

我在熊桑的背上晃蕩，覺得好像突然被塞了一粒酸梅在嘴裡一樣。我完全不知道有這種事。還以為那天碰到熊桑是偶然。現在陣陣抽痛發熱的不是受傷的腳踝，好像連心都開始麻木了。

我們回到小貨車停放的地方，在回家的路上，熊桑忽然說：

「小輪子，去泡一下溫泉，腳可能好得比較快喔～」

他如是說。

「我會替妳把風的，怎麼樣？去看看吧？不會有人偷看的。」

熊桑認真地說。村外的公共溫泉，現在還是男女混浴。

但是這個山村的溫泉據說能治跌打損傷。而且現在身體也很冷。

我從籃子裡掏出筆記本，寫了幾句話給熊桑看。因為手凍僵了，字跡非常輕。

【謝謝你。熊桑你一定也很冷，一起去吧？】

熊桑設法看懂了我寫的字，走到一半往右轉，開著小貨車朝村裡的公共浴場去。太陽已經開始西沉。要是拿捏好時間，可以不用參加村裡老先生們的龍門陣也說不定。

回過神來，夕陽已經落在山後，只有白雪還泛著青白的光芒。

二月中旬。

老媽邀請我參加宴會。

我在蝸牛食堂準備好做泡菜後回家，老媽用漂亮字體寫的紙條貼在愛馬仕的豬舍入口。

地點是小酒館阿穆爾。

好像是每年慣例的河豚宴。

主辦者是根泥。參加的成員除了根泥和老媽之外，以小酒館阿穆爾的常客為中心，大概有七八個人。其中有過新年時和老媽一起去夏威夷的人。根泥雖然是建築公司的老闆，但他好像也有料理河豚的執照。

老實說一直到當天，我都還沒決定要不要參加那個宴會。

那天蝸牛食堂沒有預約，我想悠閒地看書或編織。而且我不想看老媽跟她的情人秀恩愛。

但結果我還是決定參加了。理由是我也想吃河豚。當然在此之前我吃過一兩次河豚生魚片，但那薄的跟紙一樣，在嘴裡怎麼嚼都沒有味道。最近世界級的大廚好像也開始注意日本河豚了。雖然有點遲，但我身為廚師，也對河豚的魅力產生了好奇心。

「妳被阿里巴巴騙了啊。」

傍晚五點多，我聽見外面有動靜，出去一看是根泥正把心不甘情不願的白馬綁在棕櫚樹上，粗聲說道。今晚大概打算喝個痛快吧。他要喝酒的時候，就不會開賓士愛車，而是騎馬前來，而且還是白馬。

我的事情一定是老媽當笑話說給他聽的。好不容易我自己都快忘記了，卻被人戳到痛處，非常不爽。

我回到小酒館阿穆爾裡，整理好心情開始切博多蔥。根泥隨著我進來，把他從家裡和路上準備好的材料一一取出，放在吧台上。為了今天的宴會特地從大分買來的天然虎豚很大隻，看起來就充滿彈性。

根泥驕傲地把自家的河豚刀從包裡拿出來，開始準備切生魚片。我把根泥帶來的自製酸桔醋倒進小碟子裡。

等所有成員都到齊，大家圍著河豚的宴會就開始了。

每個人都期待已久，等著大啖河豚。帶來的酒有日本酒、燒酒、啤酒、葡萄酒等等，一瓶喝完再開一瓶。

根泥準備的是香檳，而且還是粉紅水晶香檳。老媽非常喜歡這種香檳。我曾經在高級進口食材專賣店的櫥窗裡見過一次。當然從來沒喝過，只知道價錢非常高昂。粉紅水晶香檳在外面的雪地裡冰鎮著。

河豚生魚片切得比專賣店要厚，猶如淡雪如夢似幻。帶骨的部分用炭火微炙，香味更加凝聚，充滿彈性的口感讓人無法抗拒。炸河豚則全熟，嚼勁十足。

參加宴會的人連交談都忘記了，全都埋頭默默地吃喝。我也全心全意地體會這個味道，覺得簡直像是作夢一樣。至高的幸福就是這樣吧。真的像是在幸福的夢境中參加晚宴一樣。

然後終於到了大家期待已久的河豚肝輪盤。

雖說是河豚肝輪盤，但並不是真的有毒，這麼說只是開玩笑而已。這次是用肝臟配著剩下的生魚片一起吃。

其實好像在大分縣以外不能這麼吃的。可是這種晚宴每年都偷偷這樣吃了，到目前為止還沒有人死掉。

源由好像是這樣的。剛開始舉辦河豚宴的時候，是一開始吃生魚片就連肝一起吃的。但要是這個時候中毒了，那就沒法吃到接下來的烤河豚、炸河豚跟河豚粥了。未免太可惜了。於是大家達成共識，生魚片的盤子準備兩個，第一份正常地吃，然後吃完接下來的套餐之後，再回到最初的生魚片配著肝臟一起吃。這樣的話即便中毒也死而無憾了。真是貪心的想法啊……

「香檳！」

老媽醉醺醺地叫起來，大家都鼓掌叫好。

根泥站起來走到外面，從雪地裡拿出粉紅水晶香檳，遮遮掩掩地用報紙體育版包著。溼了一半的舊報紙上，棒球明星笑著舉起一隻手。

根泥走到小酒館的吧台後面，準備和老媽再度一起乾杯。桌上已經準備好了河豚肝輪盤。大家都已經喝得差不多了。

我瞥了吧台後面的老媽和根泥一眼。從剛才開始我就覺得他們怪怪的。果然他們在別人看不到的死角，把自己喝的香檳和其他人喝的香檳分開倒。他們自己的杯子裡是粉紅水晶香檳，其他人的杯子裡是波馬利的粉紅香檳。又看見了倒胃口的景象，我一下子覺得很掃興，心情低落了下去。

老媽若無其事地把香檳杯子分給大家。

仔細看的話，兩者的粉紅色有微妙的不同，但是大家都喝醉了，沒人發覺。應該說沒人會想到有這種事吧。

老媽愉快地把香檳分給大家，也給了我一杯。我不悅地接過酒杯，但看見顏色時吃了一驚。咦？老媽看出我的表情，立刻偷偷跟我說：

「妳喝這個就是了。」

我想回話，但老媽已經走回自己的座位。這個宴會的主辦者根泥說：

「人生要是能吃這個而死就再好不過了。各位，感謝你們多年來的照顧。」

他像說遺言一樣開玩笑道，再度乾杯，然後爽快地把河豚肝和生魚片一起送進嘴裡。我心想要是中毒就好了，然而幾乎同時，根泥就大喊：「SAFE！」啊啊，真是遺憾，我心想，吐出一口長氣。然後像是要沖刷掉這種心情一樣，我喝了有生以來第一口粉紅水晶香檳。

對其他人我也不是沒有罪惡感，但機會難得不能錯過。老實說我很好奇，想嚐嚐到底是什麼味道，所以就毫不客氣地喝了。心中暗想不好意思，然後生平第一次喝了泛著高級粉紅色的水晶香檳。

喝了一口，身體裡就像是百花綻放。我沒有辦法完美地描繪天國這種地方，但要是天國的入口能喝一口這種飲料，那我永遠也不想離開。

宴會繼續進行。

接下來是河豚火鍋，以最後用火鍋湯煮的河豚粥結束，然後又從頭開始痛飲。又喝又唱，鬧個不停。有人唱小酒館阿穆爾的卡拉ＯＫ，也有人坐在地板上睡著了。有人含糊不清地大談世界情勢，也有人看電視上的天氣預報。大家各自享受著宴會的餘韻。

只有我一個人走到吧台後面，開始善後。我看見髒亂的餐具就沒法置之不理。

老媽自己喝了半瓶多的粉紅水晶香檳，靠著根泥的肩膀，兩人並坐在椅子上，像是融化的雙色奶油一般黏糊在一起。

我盡量不去看他們親熱的樣子，專心洗碗盤。我從小就看多了他們這個樣子，但無論長到幾歲都無法習慣。

我聽見根泥用討好的聲音在老媽耳邊吹氣似地說：

「琉璃子啊，妳也該讓我上一次了吧。不是請妳吃了這麼好吃的河豚嗎？粉紅水晶香檳很好喝吧？是不是？」

根泥一隻手在摸老媽的屁股。

「哼～」

老媽用撒嬌般的聲音回答。

「有什麼關係啊，妳又不會虧到。一輩子做一次不會遭天譴的啦。琉璃子沒嚐過我的滋味人生就結束的話，一定會後悔的喔。」

一開始我以為他們在開玩笑。因為從我小時候，大家就公然說根泥是老媽的情人，而且拜他的金錢所賜，也一直穩居老媽第一情人的位置。說他們從來沒發生過肉體關係，簡直難以置信。

我停下洗碗的手，根泥轉頭對我說：

「喂，」

他瞪著我，聲音低啞。我不理他，他就大聲說道：

「妳當女兒的也講講妳媽！說和根泥先生睡一次也不錯啊。」

我不爽地瞪著他，他「嘖」地咋舌，像豁出去了一般說：

「真是的，有這樣的媽就有這樣的女兒，妳們倆一個比一個頑固。媽媽是這樣，女兒也是這樣。張開大腿就得了不是嗎。就是因為這麼固執，女兒才一樣性格扭曲。」

剛剛還在卡拉OK唱《越過天城》的常客也加入了對話。他用麥克風加了混響的聲音說：

「別看琉璃子媽媽這樣，其實真的很純真。守著處女之身不是很好嗎？琉璃子媽媽這樣，現在已經是天然紀念物了啊。年輕的女孩子都可以跟第一次見面的人隨便上床呢。」

這個穿著西裝像是上班族的男人好像被自己的話感動了，歌曲的尾奏都結束了，還拿著麥克風呆呆地站在台上。

大家到底在說什麼啊？

我腦中一片空白。

老媽，是處女？

那我果然不是她生的？

我從以前就隱約有感覺。我跟老媽根本沒有共同點。到頭來老媽可能跟我想的一樣，根本不是我親生母親。真正慈祥溫柔的母親或許現在正在地球的某處找尋我……我心裡燃起一絲希望。

然而這種美夢瞬間即逝。

老媽突然抬起像粉紅水晶香檳一樣酡紅的臉，直直盯著我的眼睛說：

「妳啊，是我處女懷胎生的孩子喔。」

老媽完全醉了。她從前就有喝醉了胡說的毛病。就這樣讓許多男人拜倒在她石榴裙下。

我呆呆地站在吧台後面，連水龍頭都忘了關。剛才插嘴的常客又開口了。而且仍舊是帶著混響的麥克風聲音。

「哎~難道小輪子以前都不知道嗎？」

他雙眼圓睜。拜託，吃驚的是我好嗎。我突然有想踢吧台的衝動。

但是喝醉了的老媽眼神卻很認真。

根泥已經像愛馬仕一樣呼呼地睡著了。

「妳啊，是水槍寶寶喔！」

水槍……

我腦袋裡好像被灌入了石膏，完全無法思考。那個常客彷彿難以置信地說：「這在本地可是出了名的故事啊？」這次他放下麥克風，走到我面前的座位上，詳細地跟我說了這件事。

我聽到的每一句話都是前所未聞的，不知道該懷疑哪一句才好。

簡單來說，事情是這樣的。

老媽有一個大她一歲的未婚夫，從高中時就開始交往。他們倆感情很好，約定要攜手共度一生。他們說好在老媽高中畢業之前，都維持柏拉圖式的關係，並且沒有越界。老媽的未婚夫學長成績很好，進了關西大學的醫學院。所以他們有一段時間是靠寫信維繫的遠距離戀愛。老媽想去找未婚夫，拚命唸書。然後考上了京都的短期大學。但是老媽循著地址去找未婚夫的時候，卻發現他已經搬家了。兩個人就此再也沒見過面。

聽到這裡我突然想起來，我之所以叫媽媽「老媽」，可能跟關西腔有關係。常客繼續說下去。

從那之後老媽就自暴自棄，想要藉著懷孕忘記未婚夫。這樣就可以完全放棄他，開始新的人生。但除了未婚夫之外，她並不想跟任何人發生關係，既然不是他，那隨便什麼人都無所謂。然而要付諸實行的時候，卻無法忘懷未婚夫，只好考慮以處女之身懷孕的方法，然後靈機一動，想到了水槍。

「以前沒有精子銀行嘛～」

老媽打斷他。認真講故事的常客也說：

「現在日本也不承認精子銀行啊。」

老媽漫不經心地像抽籤一樣選擇戀愛的對象，然後將對象的精子裝進水槍裡，射入體內。她揮舞雙手解釋道：

「他左手無名指上戴著戒指，八成是有老婆的。這樣的話，這個孩子就是不倫的產物，所以取名叫倫子，是吧？」

爛醉如泥的老媽，突然徵求專心看著電視上天氣預報的年長常客同意。

「琉璃子媽媽桑太專情了。到現在還忘不了初戀情人啊。」

那個人並沒有被老媽突然搭話驚到，仍舊一面看著電視一面回答。雖然是冬天，卻好像有颱風般的暴風雪要來了。老媽突然站起來。

「就是這樣，我啊，要一輩子都當處女喔～」

她像紐約的自由女神那樣高舉一隻手宣布。然後砰地趴倒在吧台上，呼呼大睡。

我腦中像是有無數的迴旋鏢亂飛。這若是事實，那就太驚人了。把精子裝入水槍自體受孕這種事，聽都沒聽過，如果是真的，那我一定是世界上第一個水槍寶寶了。

老媽趴在吧台上喃喃地說著夢話。

小酒館阿穆爾就這樣陷入了沉寂中。

貓頭鷹阿公的午夜報時早就已經過了。有人交了會費之後離開，也有人躺在地板上熟睡。我靜靜地收拾善後，小心不吵醒睡著的人。

我從以前就很容易相信別人，很容易受騙上當。所以搞不好是這裡所有人聯合起來騙我也說不定。

但我也覺得或許不是這樣。

其實在這裡的所有人都是本性純樸，很容易受傷的人。我心裡微微有這種感覺。

今夜我感受到活在我毫無所知的世界裡的老媽。活在那裡的老媽，比我認識的老媽多了一些嬌縱的氣味。

然而小酒館阿穆爾的寂靜並沒有持續多久。

我呆呆地回想著剛剛聽到的老媽的愛情故事，根泥突然站起來說：「尿尿。」然後打開小酒館的門走了出去。

店裡有洗手間的，幹嘛要跑到外面去啊！

而且是人家家裡的庭院……

我有點不高興，正扯著卡住的褲子拉鍊，凍得縮成一團的根泥回來了。

他對著我非常不客氣地說：

「妳把我送妳的開店花圈扔了是吧？」

糟糕。蝸牛食堂開幕的第一天，根泥送了一個大花圈，像是小鋼珠店開幕時外面擺的那種俗爛玩意，我把它搬到小酒館阿穆爾的後門，就那樣放置不管。那玩意太大了，要扔掉很麻煩，所以就一直沒管。

「這樣踐踏別人的好意。」

根泥啐道，然後說：

「喂，我肚子餓了，弄點什麼來吃。」

誰要替根泥做料理啊。

我是個直腸子，私底下只想替自己喜歡的人做料理。

我假裝沒聽到，根泥就像流氓一樣故意把煙吐在我臉上，帶著惡意說：

「喔，不想替討厭的人做飯是吧？妳以為自己是什麼東西啊？田螺食堂的老板兼主廚？開什麼玩笑，客人還隨妳挑啊？這也算專業廚師？妳是辦家家酒的小姑娘吧，自我陶醉的自慰秀！發什麼呆，根泥老爺要吃飯，給我做！」

口沫橫飛地說完，根泥嘴角還掛著螳螂蛋一樣的大泡泡。

我的店不叫田螺食堂，是蝸牛食堂。

我很想跟他說沒錯，就是這樣。而且我走到這一步吃了非常多的苦頭，完全沒有什麼自我陶醉。我對料理的愛不輸給任何有名的大廚，這我有自信。根泥這樣污衊我，我簡直想用菜刀給他一下子。但那樣做不僅侮辱了自己，更侮辱了一直守護著我的料理之神。

我懶得跟他對罵，迅速打開小酒館阿穆爾的冰箱。悲慘的是，裡面只有一點全是化學調味料的味噌，幾乎完全沒有能用的食材。

蝸牛食堂的廚房現在也處於冬眠狀態，沒有多餘的存糧。可是我不能就這樣退讓，我面無表情地快步走回蝸牛食堂，雖然對冰箱裡的東西不抱期待，但要是不做出點什麼來，就沒法給根泥好看了。我用鑰匙打開蝸牛食堂的門，察看每一個櫥櫃，果然沒剩下任何可用的食材。連可靠的米糠醬裡也沒有東西，真是不走運。前幾天才醃的泡菜現在吃還太早。三更半夜連超市都已經打烊了。我們村裡也沒有二十四小時的便利店。

真是束手無策。我打算向根泥道歉，打開裝紙筆的抽屜時，突然看見裡面有一個咖啡色的東西。

我拿出來看是什麼，結果竟然是之前遍尋不著的一小塊柴魚。

本來應該是放在上面的抽屜裡的，不知怎地掉到這裡來了。我一瞬間腦袋裡好像閃過嗶嗶嗶嗶的光芒。

小酒館阿穆爾的飯鍋裡，應該還有剛才煮粥剩下來的白飯。只要有這塊柴魚，就可以做高湯。高湯和白飯就能做出簡單的茶泡飯。我削了柴魚片，又找了一下，很幸運地在抽屜裡還找到了昆布。

我用雙手抱著裝了昆布和柴魚片的碗，急急趕回小酒館阿穆爾，在雪平鍋裡加水。醉得滿臉通紅的根泥一直看著我。

然後他用好像要吐痰般的嘶啞聲音說：

「小姐，妳聽好了，我啊，吃遍了世界上大家都說好吃的餐廳。我可是為了吃燉河馬肉，特地跑去坦尚尼亞的男人啊。妳可要有心理準備，難吃的話我會直接說難吃的。跟妳說實話妳可不要哭喔。」

其實我害怕得兩條腿發抖。但我假裝沒聽到他的話，專心煮高湯。

他吃燉河馬肉的故事，我從小就聽得耳朵要長繭了。說是比牛肉還要彈牙的美味，每次看到我都要炫耀一番。

總而言之，現在最重要的是心無旁騖。替討厭的根泥做料理很痛苦，但我盡量不去想這件事。

因為厭惡這種感情，一定會反映在食物的味道上。所以我要身心都放空才行。

焦躁或傷心時做出的料理，會在味道和裝盤時表現出來。所以料理時我一定會想像美好的事物，帶著穩定開朗的心情站在廚房裡。

外婆總是這麼說的。

我再度深呼吸，讓心情平靜下來。

我看準時機把昆布撈起來，等了一下子，再把大量柴魚片放進去。柴魚的香味撲鼻而來的時候熄火，然後過濾。到這裡都很順利。最後再加鹽調味就完美了。

然而到了這個階段，我發現自己的舌頭已經嚐不出味道了。可能是因為我之前吃了很多東西，還喝了酒醉了。通常都是「這樣」就能知道鹹淡的程度，但現在卻找不到最佳的狀態。好像一直加鹽卻都不夠鹹，但其實卻已經很鹹了。像是在濃霧密佈的深山中摸索游移。

根泥在我面前抖著腿等待。要是再拖下去一定會被他嘲笑。我決定再信一次自己的舌頭。最後加了一小撮鹽調味。我把電鍋裡的白飯裝進預熱過的大碗裡，澆上剛煮好的高湯。砧板上還剩一點博多蔥，我把那也加上去。

我用雙手捧著碗放在根泥前面，放上免洗筷。臉上帶著「請用」兩個大字看著根泥的眼睛。可能是因為我醉了，所以比平常大膽。

要是在蝸牛食堂，現在我就會躲回廚房裡，用小鏡子偷看客人的反應。但在小酒館阿穆爾就沒辦法。我無處可逃，只能站在吧台後面。

在不到一公尺的近距離處，根泥拿起筷子吃茶泡飯。我緊張地閉起眼睛，等待決定命運的那一刻。這香氣確實是上好的和風高湯。

根泥吃茶泡飯的聲音在小酒館阿穆爾中迴盪。我覺得我一輩子的緊張都凝聚在這一瞬間了。根泥終於吃完，我聽到他把筷子放在大碗前面的聲音。

我的胸口緊張地怦怦跳動。

我慢慢張開眼睛，出現在視線中的是彷彿被熱水洗過一樣乾淨的空碗。

「很好吃，謝了。」

我遲疑地望向根泥的臉，他不知怎地兩眼通紅，泛著淚光。

根泥會說無聊的中年男子笑話，以及沒人笑得出來的歧視言論，但他絕對不會隨便奉承人。

我胸中湧起種種無以名狀的感情，急忙衝進洗手間。我不想讓根泥看見我哭。

我用圍裙下擺擦眼角，平靜下來以後走出洗手間，但是根泥已經不在了。空碗下面除了一萬日圓的會費以外，還有另外一張萬圓大鈔。這顯然不是錯置的。因為兩張鈔票像扇葉一樣分開疊放。

我走到外面，在月光下微微泛出藍光的雪道上，有小小的馬蹄印等距離地向前延伸。自己一個人留在小酒館阿穆爾裡的老媽咳嗽了幾聲。我輕輕地把毛皮大衣披在她肩膀上。

媽媽散發著淡淡的香水味。

我一直討厭的這個味道，今天覺得稍微沒有那麼討厭了一點。沉睡的老媽的側臉看起來氣色很不好，可能是我多心了吧。

今天真的發生了好多事。

「謝謝。」

我正要走出小酒館阿穆爾的時候，老媽好像說夢話似地喃喃道。不知道是跟誰說的，但那個聲音像輕柔的面紗一樣籠罩了我。

這是今天晚上我聽到的第二句謝謝。

寒冬真的要來了。外面颳著風雪，像是因嫉妒而發狂的女巫一樣呼嘯，刮在臉上像是塗了辣椒粉般刺痛。

我呼出的氣息乘著強風迅速地追趕著根泥的背影，飄散向遠方。

冰就這樣慢慢融化，等到了春天，或許會開出漂亮的花。花開滿地，香氣縈繞，大家面帶笑容的日子，或許就不會那麼遠了。

我覺得老媽和根泥的關係或許就像這樣。

然而現實總是像斷頭臺一樣，把冰冷的刀鋒抵在我脖子上。冷酷無情地斬斷我對幸福的一絲期待。

那天，我整日心情都不好。

先是早上第一件工作，給愛馬仕吃的麵包烤焦了。然後我去蝸牛食堂的途中，不小心踩死了一對在雪地裡冬眠的蝴蝶。

雖然都不是故意的，但一大早開始我就不斷沉重地嘆氣。

下午在處理當天客人點的水煮比目魚時，也沒把內臟清除乾淨。通常只要把食指伸進魚鰓裡拉一下，就能像摘下一枚胸針似地把內臟完整地拉出來，但那天卻中途斷掉了。而且我特地從義大利郵購來的貴重特級處女橄欖油整瓶砸在地上，在撿碎片的時候還把指尖割傷了，簡直像是我最大的底牌料理之神都放棄了我一樣。

當天的最後一根稻草是老媽的告白。

晚上十一點多，我從蝸牛食堂回家，正在泡澡的時候，浴室的門突然打開，老媽光著身子走進來。我震驚得無法動彈。老媽平常晚上都去小酒館阿穆爾上班，並不在家，我從小就沒跟老媽一起洗過澡。

我嚇了一跳，像青春期的少女突然發現爸爸在偷窺浴室時一樣曲起膝蓋，用雙手掩住胸部。

老媽完全不在乎我的反應。

「我有話跟妳說，可以吧？」

她在洗手台放了水，往身上澆了一下，就硬擠進浴缸跟我一起泡。水嘩嘩嘩嘩地溢出。

我急忙要站起來，老媽按住我的肩膀，彷彿是說「不要走」。

「其實啊，」

老媽分明沒有喝醉，側臉卻像醉了一樣酡紅。

「我見到修學長了。偶然碰見的。」

然後老媽用手掬起浴缸裡的水拍臉。

修？學長？

雖然我隨身攜帶筆談小本子，但不至於帶到浴室裡來。

「河豚宴的時候妳不是也聽說了嗎，就是我的初戀情人。我們約好要結婚的。」

老媽用沉醉的聲音說。

不知怎地老媽的音色跟遣詞用字都跟平常不一樣。

我覺得很不舒服，不由得盯著老媽的側臉。難道她終於瘋了嗎？但老媽像是在演獨腳戲一樣，直視著前方繼續說。

「修學長一點都沒有變。我們三十多年沒見了，都上了年紀，但他本人還是跟以前一樣，完全沒有改變。」我瞥向老媽的方向，她的脖子像熟透的桃子一樣泛著粉紅色。

突然聽到這些讓我腦中一片空白。我因為在想事情已經在水裡泡了很久了，手指的皮膚都泡發了。

我以為老媽已經說完了，就站起來跨到浴缸外面。

總之先洗完再聽她要說什麼。然而在此瞬間，斷頭臺的刀落了下來。

我回過神，發現自己裹著浴巾，蹲在廚房的冰箱前面。

我在腦中反芻咀嚼剛才老媽的告白。即便如此我還是完全無法理解。老媽得了癌症，只能再活幾個月。她的主治醫生就是初戀情人修學長。老媽覺得「快樂又幸運」，完全不在意自己可能就快死了，反而打心底因為能跟初戀情人重逢而喜悅。為什麼會這樣，我完全無法理解。

這是比午間連續劇還要狗血的愛情故事。

這種事情還能在二十一世紀發生，簡直難以置信。

對我來說老媽頑固堅強又壞心眼，總是跟我吵架。我從來沒見她哭過，我甚至覺得她是不死之身。我相信老媽是我怎麼揍都不會壞掉的沙袋。這種精神力強悍到連妖怪都要退避三舍的老媽，怎麼會被病魔這兩個字打敗，簡直是笑話。我一直以為老媽跟這種事情是扯不上關係的。

我輕輕打開冰箱的門。檸檬色的光線像眼藥水一樣慢慢滲入我眼睛裡。

剩下一半的果醬看起來很眼熟。果然是我十年前離家時就有的東西。定睛一看，果醬裡已經長了雪一樣的白霉。打開乳瑪琳的蓋子，果然裡面也長了茂密青苔一樣的霉。用過的蕃茄醬和美乃滋罐子中間大剌剌地躺著蟑螂的屍體。這全都是老媽生活的痕跡。

老媽要是死了，這一切都會迅速地從這個世界上消失嗎？

不可能。

我在心中大喊，用力甩上冰箱的門。

我聽見老媽在浴室裡哼歌。

我一晚上都睡不著，便把羽絨服披在睡衣上走到外面。

寒冷的夜空裡有幾顆星星。

我想要依賴某個人，然而卻沒有人在。無可奈何之下我走向愛馬仕的豬窩。夜晚的氣息讓人喘不過氣來，好像海參一樣黏在肌膚上。

像是從腳尖開始一點點慢慢沉入濃稠的液體羊羹中。

我開始覺得難以呼吸，便跑去看愛馬仕。老媽說的話我仍舊難以置信。

我希望是老媽式的惡作劇。

因為妳真的是個笨蛋啊！

她那討人厭的口頭禪，現在我想再聽一次。

愛馬仕睜著眼睛。好像牠也睡不著。搞不好牠已經知道什麼了。

我走近時，愛馬仕就像聰明的看門狗一樣走過來。圓圓的眼睛專心地望著我，微微撇著頭。月光下的愛馬仕比平常陽光底下的牠看起來可愛多了。

我忍不住抱住牠寬大的背脊。

愛馬仕的身體很溫暖，味道雖然就算說客氣話也談不上好聞，但對已經習慣的我來說，覺得牠身上有濃濃的草原氣息。

愛馬仕把鼻子抵在我耳邊，呼吸沉重。我忍不住癢癢的感覺，幾乎要笑出來。

我知道這個世界上有盡人事也無法挽回的事情。我也知道能夠隨心所欲的事情只有一點點，大部分時間都只能隨波逐流，前進的方向與個人意志毫無關係。

人的一生裡壞事總比好事多，尤其是我的人生。但我還是為了尋找小小的幸福而活下去。然而……

越想越覺得懊悔。我把臉埋在愛馬仕堅硬的背上，緊緊咬著嘴唇，幾乎都要咬破了。

第二天早上，愛馬仕在我回來之後第一次拉肚子了。總是像彈簧般捲成圈圈的尾巴也無力地下垂。我急忙翻閱飼養手冊，老媽整齊的字跡寫著「拉肚子的時候，在少量的飼料裡加兩三大茶匙的木炭粉餵牠。」

我立刻照辦。

果然敏感的愛馬仕應該察覺到不對了。

在那之後，我每天晚上都在被窩或愛馬仕的旁邊睜著眼睛熬夜。身體雖然非常疲倦，但腦子東想西想轉個不停，完全無法入睡。

這很快就讓我有氣無力。

什麼都不想做了。

我想要一直陪在日漸衰弱的老媽身邊，就算多一秒也好。每天都下好幾次這樣的決心。

但結果蝸牛食堂還是照常營業。

我有種預感，要是現在停下來，我這一輩子就再也無法重新振作了。而且看到別人幸福的表情，對我而言是唯一的安慰。

也有很多讓人開心的事。隨著春天到來，熊桑的手機一天又接到好幾通詢問或預約的電話了。

去年跟喜歡的男生告白的高中生小桃，用打工存的錢再度光顧蝸牛食堂，她說「因為太好吃了」，兩人再度預約。蝸牛食堂牽成的第一對佳侶繼承人和高中老師來給我看他們的婚紗照；小三夫人帶著年輕的男友來玩；小梢趁爸爸出差的時候，帶著媽媽跟已經不厭食的兔子一起來吃我的料理。

一開始有傳言說：「吃了蝸牛食堂的料理，就能達成心願、戀情圓滿」，老實說，因此來湊熱鬧的客人還不少，但最近都是吃過我的料理之後，單純評價味道而「想再吃一次」而光臨食堂的客人。這是身為廚師最感到榮幸的事，也是最高的讚賞。

而且，季節一秒也不待人。

蜂斗葉的花莖現在不去摘，就得再等一整年。剛長出來的野生蘆筍，現摘現吃最好吃。蜂斗菜、鴨兒芹、土當歸、土麻黃、艾蒿、蒲公英、楤木芽……群山圍繞的這塊土地，春天時充滿了大地的恩賜。

幸好，老媽的狀況也沒有那麼危險，老媽畢竟是老媽，還是跟以前一樣穿著華麗的衣裳，濃妝豔抹地站在小酒館阿穆爾的吧台後面當老板娘。她沒有告訴任何人自己生病的事，只要邁出一步走到外面的世界，她完全不會讓人看出艱辛的樣子，比我還有職業道德呢。

就在老媽跟我坦白後幾天。

她帶著初戀情人，也是現在的未婚夫到蝸牛食堂來了。

這位先生叫做修一。

修一先生看起來是非常優秀的醫生，個子很高身材很好，都市的氣質中又有種僧侶般的氛圍。他和根泥完全相反，但一眼就看得出他也不是我的父親。他英俊得讓老媽現在還神魂顛倒，或許我跟老媽在喜歡帥哥這一點上是共通的。

我替他們泡了蓮花茶，這是越南的荷葉烘焙的茶。我一面祈求美麗的蓮花能出淤泥而不染，一面專注地倒進開水。並排的兩個茶杯中泛起了淡淡的甜美香味。

修一先生好像在國外生活了很久。我跟老媽的代溝實在太大，不由得懷疑他會不會是欺騙來日無多的寂寞中年女子獲得遺產的婚姻詐欺啊。修一先生實在太優秀了。

然而他本人非常認真，拚命表達他有多麼愛老媽。還跟我說他是怎麼認識老媽的。修一先生是個正人君子。他跟老媽一樣，一直維持單身。

修一先生和老媽分開後，似乎跟好幾位女性交往過，但是並沒有結婚。好像是因為忘不了老媽的緣故。只不過他承認自己有過女朋友，所以不可能像老媽一樣還是處男。但是到了老媽跟修一先生這把年紀，這種事情根本無所謂了吧。

說到最後，修一先生坐直了身子，直盯著我的眼睛，清楚地說道：

「拜託了，請讓我跟琉璃，不，琉璃子女士結婚吧。我一定會讓令堂幸福的！」

然後他突然在蝸牛食堂的地板上五體投地地跪下了。

我慌忙阻止他，請他抬起頭來。

修一先生向是要哭出來的樣子。老媽也滿目淚光。

我不知如何是好。

我光是要接受老媽正在被病魔侵襲的事實就受夠了，無法再想其他的事情。更別說我完全想不出為什麼要反對老媽結婚。

我急忙從抽屜裡拿出筆記本，用特別大的字寫著：

【我也拜託您了。】

然後我非常鄭重地將紙遞到他手中。

在那個瞬間，不知怎地，我眼中也湧出了淚水。

父親嫁女兒就是這種感覺嗎。

在場的三個人，都拚命忍住淚水。

在那之後，事情進展得很順利，老媽在為當新娘一步一步地準備。客廳的桌子上堆滿了婚紗設計圖跟婚宴的禮品目錄。旁人看了也覺得老媽很幸福。

修一先生在醫院繁忙的工作中，總是抽空來看老媽。

他會帶來止痛用的中藥，替老媽按摩，聽她抱怨，我忙的時候他還會去廚房幫忙磨糙米。他也會坐在小酒館阿穆爾的吧台前喝一杯熱水兌芋頭燒酒，也會烤愛吃的沙丁魚，分給其他的常客。

那時候如果蝸牛食堂的工作提早結束，我也會去小酒館阿穆爾的吧台後幫忙。老媽並不隱瞞，坦然跟大家介紹修一先生是她的未婚夫，並且一起接受了鄉下人特有的粗魯但溫馨的祝福。兩人結婚前並不同居，也不外宿。年近五十的男女在結婚之前，堅持保持柏拉圖式的關係。搞不好老媽真的到現在都還是處女也說不定。我漸漸地相信這是真的了。

某日。

蝸牛食堂的客人在前一天取消了預約，食堂臨時休業。我睡了一會兒懶覺，然後替愛馬仕烤了麵包，之後沒事可做，想悠閒地泡個澡，但看見老媽站在浴室玻璃拉門外的身影。

最近老媽很是憔悴。老媽的身影好像打了馬賽克一樣，映在玻璃上，像是冬天的枯枝般纖細。輕輕碰一下身體就會折斷似地，外面起了強風我都會擔心。

修一先生是安寧療法的專家，老媽拒絕手術，也不願意接受抗癌劑和放射線治療，只用民間療法。然而就算老媽意志堅強，病魔仍舊慢慢侵蝕她的身體。

老媽用微弱的聲音說：

「我有點事情要跟妳商量。」

老媽站不住，就在玻璃門外蹲下。

「我想拜託妳做婚宴的策劃。」

老媽說。

婚禮訂在五月初連假期間，在修一先生上班的醫院附屬小教堂裡舉行，只有他們倆參加。儀式之後再邀請親朋好友，舉辦盛大的婚宴，地點則在附近的牧場。

她的意思是要我為大家準備料理嗎。

回想起來，我從來沒有讓老媽好好嚐過我自己做的料理。而現在是只要能做到，我什麼都願意為她做，所以我在心中爽快地答應了。

老媽繼續說道：

「事已至此，我想把愛馬仕吃掉。這樣對牠來說也比較幸福。因為我不在了，牠一定會傷心的。所以，這是我最後的願望………」

於是這就成了我第一次，也是最後一次的盡孝。

春天來的那天，我和熊桑兩個人把狗用的項圈套在愛馬仕的脖子上，牽著牠走了出去。

外面天氣那麼好，太陽在藍天中微笑，小鳥們飛向白雲，然而我卻要去做一件非常悲哀的事。

家家戶戶的屋簷上還垂掛著冬天留下的，好像老阿媽鬆弛的胸部一樣的冰錐，啪噠啪噠地滴水，創造出新的韻律。

我已經好幾天睡不著覺了。

只要聽到愛馬仕的腳步聲，聞到愛馬仕的味道，揉愛馬仕最喜歡的麵團時，腦中就會浮現像親妹妹一樣的愛馬仕開朗的笑臉。

老媽應該也是一樣的。

她說想吃愛馬仕的時候，還能開玩笑說「那個孩子最後由我來解決」、「那個孩子的血一定是玫瑰味道的，因為是我的分身啊」。但這件事要成真的時候，老媽就沒法看得這麼開了，連食慾也沒有了。

【真的可以嗎？】

我好幾次用筆談確認。然而每次老媽都用跟老太婆一樣虛弱的聲音回答說：「就這樣吧。」

結果，老媽並沒有跟當初預定的一樣，請專業攝影師來和愛馬仕拍最後的合照；昨夜在大家都睡著之後，老媽自己去看了愛馬仕，親吻牠的面頰，然後抱住牠寬闊的背部，給了牠很多牠最喜歡的核桃麵包，趁牠專心吃麵包的時候回到家裡。

我從自己房間的小窗偷偷地看到了這一切。老媽今天早上沒法起床，於是那就是老媽跟愛馬仕最後的一面了。

狹窄山道上植物開始發芽，愛馬仕慢慢蹣跚往前走，眼睛瞇了起來，凹陷下去。像是在笑，也像是在拚命忍著不哭反笑。

我甚至不知道自己要做的事情到底是不是正確的。我曾經有一度覺得抓到了答案，但卻又輕易從指縫間滑落。

這條狹窄的山路，要是能像螺旋梯一樣，永遠也走不完就好了。

要是我能跟愛馬仕在舒服的春日天空下悠閒地散步該有多好啊。要是媽媽能擺脫病魔，笑著對我們說：「歡迎回來。」該有多好啊。

然而，我們一下子就到達了目的地。

那裡是熊桑的同學也是好朋友和玩伴開的酪農農場。他們家族現在以飼養奶牛為主，出產牛奶跟優酪乳。以前的業務範圍好像比較廣，也養過豬。現在除了特殊場合，法律禁止在畜牧場以外的地方宰殺家畜。但是他從小就幫忙過爺爺宰殺自己家裡食用的豬，現在也仍舊活用這種經驗，一年幾次接受鄰居的拜託，不把豬送到肉品中心，而是偷偷地在自家宰殺。

愛馬仕什麼都明白。與其說明白，不如說是領悟了。不只是自己的命運，還有老媽的病情、我跟老媽的爭執，以及在我心中無法以言語表達的種種複雜情感，牠都知道。

我蹲下來，望著愛馬仕的眼睛。與其說是老婆婆，不如說像睿智的老頭子一樣的表情。牠的白色睫毛在陽光下閃閃發光。牠的眉毛也很長，跟神仙一樣。

我伸出緊張僵硬的手指，膽怯地觸碰愛馬仕的面頰。愛馬仕的表情更柔和了，彷彿微笑一般咧嘴，然後靜靜地閉上眼睛。

謝謝。

雖然時間很短暫，但是跟你一起度過的時光非常幸福。

我無聲地跟愛馬仕說完，站起來離開了。

愛馬仕收到了我的道別訊息了嗎。

牠走向熊桑他們等待的地方，兩個男人從背後壓住牠。

「小輪子，這樣可以了嗎？真的是最後一面了。」

熊桑溫柔地對我說。然而我什麼也沒說，不對，我什麼也說不出來，只能深深地鞠躬，頭都快碰到地面了。我看見蟲子在我腳邊爬行，抬頭看見熾熱的太陽猶如火球般燃燒。

我獻上最後的，真正最後的祈禱。

請盡量不要讓愛馬仕感到痛苦。

希望牠能沒有痛苦地結束身為豬的一生。

除了這樣祈禱，我什麼也做不到。

「嘿，咻！」

男人們大聲吆喝，按住愛馬仕的腳將牠翻過身，把前腳和後腳分別綁起來。然後在腳間穿過一根粗木棍，把牠抬起來。

一直都很乖巧的愛馬仕，此時可能本能感到不妙，痛苦地叫了起來。像是母豬在生小豬的時候痛苦求助的聲音一樣。我閉上眼睛，然而沒有辦法塞住耳朵，只能全心全意地接納這一幕。兩個男人抬著愛馬仕走過我面前。

他們用水輕輕沖洗愛馬仕全身，然後把牠吊在院子裡大樹枝上。

愛馬仕只是被綁住了，但還活著。牠似乎叫累了，停止了痛苦的哀嚎，只發出快速的喘息聲。

我睜開眼睛，慢慢走到愛馬仕旁邊，牠每次呼吸，身體就像氣球一樣膨脹一次。愛馬仕的身體下放了一個桶子，一切都準備好了。

這次負責屠宰愛馬仕的人是我。負責人的任務是割斷豬的頸動脈。

熊桑的朋友從儲藏室拿出刀來遞給我，熊桑像是在說「割這裡」一樣，用手指著頸動脈的位置。我專心地一鼓作氣下手，用刀子扎進頸動脈。鮮血像放煙火一樣噴濺而出，在熊桑臉上繪出蕾絲般的圖案。

愛馬仕沒有受苦。

不，牠一定覺得痛苦，但是沒有表現出來。

熊桑和熊桑的朋友都感嘆道：「真是頭好豬啊～」但我覺得在愛馬仕像是葡萄乾一樣凹陷的眼睛裡看見了淚光。愛馬仕就這樣默默地成了不歸豬。

過了一會兒，愛馬仕全身逡巡的血液都流了出來，裝滿了一整桶。

我不停地用棒子攪拌，以免血液凝固，表面都起泡了。做血腸時要用到這些血。

愛馬仕的身體，我連一滴血都不想浪費。

本來只要是食材，無論是牛蒡的皮、豆芽的鬚根，甚至西瓜籽都是有生命的，不能浪費。而如今對象是愛馬仕，這種信念便更為強烈。在沖繩有個說法，說是豬除了叫聲之外，沒有不能吃的部分。我決定把愛馬仕除了眼珠和蹄子之外，全部入菜。

血全部放完之後，先把愛馬仕從木棍上放下來，旁邊工作台上已經鋪了塑膠布，將牠放上去，然後用大約五十度的熱水燙過，拿湯匙和尖銳的石頭刮掉細毛，結束之後，就可以開始正式的解體工作了。

熊桑和他的朋友兩個人把愛馬仕的後腿拉開，用木棒固定，然後再度用剛才割斷頸動脈時用的木棒把愛馬仕吊起來固定。雖然現在有專用的機器，但使用手邊的工具也能辦事。先用大刀切斷愛馬仕的支氣管，把頭割下來，然後從肚子正中央從上面開始往下一直線切開，取出內臟。

這件事也由我負責。但這算是重勞動，所以熊桑的朋友在我背後和我一起拿著大刀，慎重地下刀，以免傷到內臟。

刀子一下，內臟就露了出來，但是還在腹腔中，沒有掉下來。我戴上醫生動手術時用的手套，把手伸進去將內臟摘取出來。愛馬仕的內臟柔軟濕潤，還是溫熱的。

地上鋪著剛才刮毛時使用的塑膠布，愛馬仕新鮮的內臟落在藍色的塑膠布上，內臟在陽光下閃閃發光，微微抽搐，簡直像是愛馬仕的孩子一樣。

愛馬仕的心臟跟龐大的身軀比起來很小。秤了一下，只有三百公克。肝臟很柔軟。腰子也小小的。豬肚很有彈性。小腸將近兩公尺，連接著大腸。

熊桑的朋友指著每一件臟器告訴我它們的俗名。

最後愛馬仕一輩子也沒使用過的子宮也拿出來了。豬是多胎動物，有兩個子宮，形狀像是從土地上冒出頭來的植物發芽。這次熊桑用木棍在地上寫了大大的兩個字：「子宮」。

內臟都取出之後，運到別的地方，然後開始清洗豬腸。愛馬仕的身體要對開剖成兩半，這需要使用鋸子，所以就交給男人了。

我在工作台上用水清理腸子，愛馬仕的頭被送了過來。牠的眼睛還微微睜著。耳朵很柔軟，鼻子也濕濕的。剛剛，真的就是剛剛，還會動作的愛馬仕的臉。被殺的時候可能感到痛苦，眼眶周圍濕濕的。

對不起啊。

不過，既然事已至此，那我就會把你做成全世界最好吃的豬肉料理。

這是讓愛馬仕瞑目的唯一方法。

我把手伸進牠嘴裡，割下舌頭。四隻短腳也送了過來。

膀胱洗乾淨之後，就像氣球一樣吹起來吊在樹枝上。晚點做香腸的時候會用到。

男人們繼續進行解體取肉的工作。梅花肉、肩胛肉、大里脊、小里脊、五花肉、大腿肉、豬腳、腰內肉等等，全都細細切好，分別裝進袋子裡放在樹蔭下。富有膠質的豬皮在做香腸時用來增加黏性，剁下來之後都送到我的工作台上。

一般的香腸是在絞肉裡加上鹽巴、香料和雞蛋等等，攪拌後灌進腸子裡，這個作業回到蝸牛食堂也能做，但血腸好不好吃跟內臟的新鮮程度息息相關，因此我立刻開始做血腸。

把愛馬仕的心臟和腰子剁碎，灑上鹽巴，跟一開始用桶子裝的豬血混在一起。我決定全部使用「滿月鹽」。這是只能在滿月之夜於附近的海邊採集的天然海鹽，遵循古法所製，據說有特別的生命力。我無論如何都想要把這種鹽送給老媽。

豬皮也剁碎，加入背部的豬油和男人們切下來的一點肩胛肉，塞進洗乾淨的豬肚裡。煙燻之後放置，血腸就完成了。

我和愛馬仕的臉做了最後的告別，然後把它的頭放在工作臺中央，切下兩隻耳朵。這是要用來做涼拌豬耳絲的。接著我把豬頭從中切成兩半，菜刀發出嘎吱嘎吱的聲音。愛馬仕用來思考的腦子比我想像中小很多，泛著珍珠一樣的光澤。

一半的豬頭要在回蝸牛食堂之後做成豬肉凍，另外一半剁碎塞進膀胱裡，做成豬頭肉腸。

我專心地剁愛馬仕的面頰肉。

溫柔地下刀，細細地處理碎肉。

愛馬仕確實已經不是原來的愛馬仕了。

不會鳴叫，不會進食，也不會撒嬌了。

但我不認為愛馬仕已經死了。

我一面剁肉，一面這麼堅信著。

因為愛馬仕純淨的靈魂就存在於這些毫米見方的肉丁裡。

我察覺到這一點的時候，不知怎地覺得愛馬仕溫暖的氛圍彷彿守護著我，讓我有如徜徉在令人懷念的平靜的春天海洋裡。

我就這樣一直在熊桑的朋友家工作到天黑。在那裡看見的晚霞是春天特有的粉紅色，對，就像愛馬仕一樣，好看的粉紅色天空。

我拖著疲累的身體回到蝸牛食堂，熊桑已經用推車運回來愛馬仕的肉，分門別類裝在塑膠袋裡放進冰箱保存。

全部加起來應該有將近一百公斤。白天熊桑和朋友在休息時抽煙閒聊著大人的話題，說愛馬仕這隻老母豬，肉質卻意外地好啊，應該是處女豬的緣故吧～之類的。的確在我看來，愛馬仕的肉也是漂亮的淺粉紅色，油脂不多也不少，肥瘦平衡剛剛好。一定是因為老媽都讓牠吃優良的飼料吧。愛馬仕的肉不知怎地散發出混合著果實、葉子跟泥土般的森林芬芳香氣。

我嘆了一口氣，總之先燒水泡個茶。

站著做了一整天的事情，兩條腿都浮腫了。肩膀也很僵硬。我喝著自己烘焙的煎茶，呆呆地想著明天起不用再替愛馬仕烤麵包了。冰箱裡還留著給愛馬仕的天然酵母。

我並不覺得多麼悲傷，只是有點沒意思。我翻閱著廚房櫃子一角的食譜，開始思考婚宴當天的菜單。我要做的事情還有好多，沒有時間沉浸在感傷裡。

我想用料理送老媽環遊世界。

其實老媽跟修一先生計畫要去度蜜月的，但最近老媽肉眼可見地衰弱下來，看起來是沒辦法去蜜月旅行了。別說搭飛機的體力了，修一先生判斷連去機場都不可能。所以至少藉著吃各式各樣的外國料理，讓老媽體會一下旅行的風味也好。世界各地都飼養食用豬，各自有不同的料理方式。

我在城裡學作菜的時候，在許多不同的餐廳工作過。這對我來說是振奮料理人之魂的劃時代想法。然而設計菜單仍舊令我絞盡腦汁，傷透腦筋。

在那之後我幾乎沒有回過家，都住在蝸牛食堂裡，徹夜處理各種食材。這段時間蝸牛食堂也停止了營業。我把要直接使用的小里脊切成容易料理的大小，用保鮮膜包起來冷凍。大里脊做成鹹豬肉和叉燒，五花肉做成培根，大腿肉做火腿，分別加工處理。

豬頭、小腿，和其他部分的碎肉全部絞碎，做成薩拉米臘腸、肉丸跟德國香腸。德國香腸的皮，是舉辦婚宴場地的牧場主人提供的天然羊腸。

我還第一次挑戰做生火腿。老媽很喜歡生火腿，而且她希望在自己死後，能把生火腿分送給照顧過她的人當奠儀的回禮。梅花肉塊用鹽、砂糖和香草醃製，水分慢慢蒸發之後就成了生火腿。

時間再多也不夠用。

要自己一個人處理一整頭豬是非常困難的工作，不僅需要體力，更耗費心神。我還有好多不懂的事。這個時候就去跟熊桑介紹的朋友請教，那是在村裡唯一一家的超市裡開肉店的老板娘。我有問題就傳真給她，無論是多基本的問題，老板娘都會親自給我建議。

梅花肉很柔軟，脂肪含量多，適合燒烤或蒸煮。肝臟周圍的大里脊肉肉質特別柔軟，片成薄片氽燙最好。里脊跟腿肉中間的小里脊柔軟而脂肪較少，適合各種料理。大腿肉脂肪少，就連著骨頭一起燒烤。胸口到腹部的五花肉，瘦肉和脂肪交互重疊，就是俗稱的三層肉，十分美味。豬腳肉紋理比較粗，要花時間燉煮。

這些都是肉店的老板娘用豬的各部位圖解教我的。

我用老板娘告訴我的資訊，逐一決定具體的料理內容，同時蒐集其他必須的材料。食材的準備都是熊桑和他的朋友們不眠不休地幫忙的。

兩人的婚宴終於就是明天了。

我回到久違的家裡，第二天要早起，我想小睡一下，就躺在自己床上。果然自己房間裡的床鋪睡起來比葡萄酒木箱拼湊起來的臨時床要舒服啊。

此時我已經累得夠嗆了，連貓頭鷹阿公的聲音都沒注意到就睡著了。然後大概是凌晨一點多的時候，我房間的門慢慢打開了，瘦弱的老媽走了進來。我那時還在半睡半醒之間。

老媽走到我床邊，蹲下來看著我的臉。

我聞到了老媽的香水味。但我仍然繼續裝睡。我以前對老媽的憎惡，現在在身體裡四處翻找，就算倒立抖動，也找不出半點來。然而身體還是反射性地躲避。

「倫子。」

老媽很久沒有叫過我的名字了。我想回答：什麼事？但卻發不出聲音。

「求求妳了，都到這地步了，說點什麼吧……」

她用沙啞的聲音說道，然後用手指輕輕撫摸我的面頰。好像塑膠一樣冰冷的手指，生硬地撫摸我的肌膚。即便如此，我仍舊無法睜開眼睛，還是繼續裝睡。

其實我很想說，謝謝妳。

謝謝妳生下我。

但實際上我發不出聲音。

我又難過又後悔，覺得自己一無是處，簡直就要流下淚來。我正要為至今的一切道歉，用擁抱代替說不出口的感謝時，媽媽就站起來輕飄飄地走出了房間。

就算一次也好，我想要媽媽緊緊抱住我。然而我沒有這麼做的勇氣。

那是老媽嫁人的前一天晚上。

老媽跟修一先生的婚宴在花瓣飛舞，美麗的新綠牧場上盛大舉行。

我遠遠地看著老媽騎著根泥的白馬，微笑著進場。老媽花了許多時間設計，讓專業的裁縫縫製的婚紗高貴優雅，美麗動人。

老媽很不尋常地化了淡妝，略施脂粉的臉像雪一樣白。修一先生在後面支撐著老媽的身體，牽著白馬的自然是根泥。老媽、根泥和修一先生三個人同在一個畫面裡，看起來不知怎地有種不可思議的和諧。

牧場的草原上盛開著白花苜蓿，像灑了珍珠一樣閃閃發光。

最光彩照人的就是新娘老媽。

這是老媽幸福人生的開始。

我一面感受著這一切，一面做最後的準備。

滿含春天氣息的風舒適地擁抱我的身體。

對我來說，料理就是「祈願」。

我為老媽和修一先生永恆的愛情祈願，同時也是我對讓我能擁有做料理的幸福的料理之神的祈願。

再沒有比那個時候更為歡喜了。

看著用床單縫製成的桌布上擺滿了各種美食，我心中充滿感慨。

新郎新娘致詞結束，大家都聚集到餐桌周圍。香檳是根泥送給新人的禮物，大家手上拿著的香檳杯中漂浮著糖漬櫻花。帶著厭食症兔子來找我的小梢的母親，現在跟我非常要好，這是她用去年的櫻花做的。她送了我一些，剛好用來代替祝賀時喝的櫻花茶。

後來有人喊了乾杯，大家就以自助餐的形式，在各自的小盤子裡裝了我做的料理開始吃。愛馬仕改變了型態，踏出全新的第一步。這次進入了人體，從體內為大家補充元氣。愛馬仕的生命就這樣承繼了下來。

牧場各處種植的櫻花像是喜極而泣一樣，花瓣在空中飛舞。花瓣落在桌子上。我咬住嘴唇，極力忍住笑容和眼淚。

我還有事要做。婚宴的負責人可不能抽抽搭搭地哭鼻子。

桌上擺放著各式料理：

豬頭肉凍搭配醃漬的本地蔬菜。

豬耳切絲和菜根一起燙過，加上橄欖油和酒醋，就成了法國風的豬耳絲沙拉。

豬舌一半用五香粉和其他香料和醬油做成滷豬舌，另一半炒包心菜，加鹽和胡椒調味。

豬心已經灌進血腸裡。

豬肝和軟骨用櫻花木片燻製。

豬肚當場灑鹽炭烤，佐現搾國產無農藥檸檬汁。

子宮和其他內臟一起用比內雞燉湯，加上小松菜和墨魚丸子，然後澆在米粉上，最後放上生蛋黃，做成緬甸的什錦米粉湯。

豬腳燉出膠質，做成沖繩豬腳。

豬蹄膀和根莖類蔬菜一起煮好幾個小時，做成法國風味的燉肉。

一口大小的梅花肉先調味，裹上太白粉，用橄欖油炸，然後淋上巴薩米克醋，就是義式咕咾肉。

鹽醃過的大里脊肉塊和水芹一起煮味噌湯。

事先做好的叉燒切好端出來，同時也加進大量蔥白，做成叉燒炒麵。沒有加工的冷凍生里脊，跟冬天醃好的泡菜一起炒。

梅花肉大部分都用來做了生火腿，剩下的一點聽取肉店老板娘的建議，切成薄片過水加上蟹肉、豆芽菜、韭菜等等用米餅皮包起來，就成了越南生春卷。醬汁則用從越南郵購的魚露。

豬腿肉加工作成的火腿除了用在三明治裡，還加進馬鈴薯沙拉裡。冷凍的生肉解凍之後一部份帶骨燒烤，加上柚子胡椒提味。

剩下的絞成碎肉，用大量的花椒做成麻辣的四川麻婆豆腐。還有剩下的就和雞湯煮的白米一起塞進青椒裡，變成土耳其風味的青椒鑲肉。最後剩的則加入俄羅斯咖哩麵包的餡。

五花肉做的培根和乳酪一起混入麵團，烤成培根乳酪麵包。用上了愛馬仕留下的天然酵母菌，成了有嚼勁的鄉村風麵包。肋排和洋蔥及番茄一起炒過，加上可樂煮成美式肋排。帶骨的部分裹上麵粉，高溫油炸，做成中式椒鹽排骨。

珍貴的少量小里脊用鹽和胡椒調味，加上小洋蔥和大蒜一起炒，然後放進蘋果用壓力鍋煮幾分鐘，最後以白葡萄酒整味，加上酸奶就能上菜了。

甜點是手工製的結婚蛋糕。

雖然不夠精緻，但我還是設法做了結婚蛋糕。裝飾品是大量的野生蒲公英、紫羅蘭和玫瑰花。全部都是可以食用的天然花朵。就算是沒有食慾的老媽，應該也能嚐一口。

熊桑拜託了九州的親戚，送來了刺槐花。這種花浮在紅茶上，微微的香氣非常適合老媽跟修一先生婚宴的合歡茶。

婚宴的伴手禮我準備了酒窩小饅頭。紅豆餡的山藥小饅頭上面用食用色素點紅，充滿喜氣。一份兩個裝在盒子裡，就好像老媽跟修一先生依偎著微笑一樣。

這樣的笑臉，能多一天是一天。

我懷著這個心願，替小饅頭一一點上紅點。

當然這麼龐大的作業，全部都我自己一個人是無法完成的。老媽跟修一先生的婚宴，要是沒有村人的幫助，絕對無法辦到。雖然我不知道，但老媽跟小酒館阿穆爾在這個山間小村裡，早已經是根深蒂固的存在了。

只要看老媽一眼，就能知道她的病情嚴重不言而喻。那些希望老媽在最後能幸福的人，都自願來當婚宴的義工。

大家真的都非常開心。

老媽和在她身邊寸步不離的修一先生都露出非常幸福的笑容。

事實上老媽光是出席就已經費盡了所有的力氣，當然根本沒辦法吃東西。即便如此，她還是從遠處深深地凝視著改變了型態的愛馬仕。

愛馬仕絕對沒有消失。

只是改變了型態而已。

午後，料理幾乎都被吃光了，春天的陽光照在桌上並列的空盤子上，我突然有種感覺。

那天的事情，我若是再多想一點，就會崩潰。

因此我刻意只回想一點點。

真正重要的事情深藏在心中，好好上了鎖。不讓任何人盜取。不觸碰到空氣，就不會褪色。不被風吹雨打，就不會變形。

很快地媽媽就去世了。

跟戀慕了一輩子的初戀情人重逢、結婚，成為他的妻子，雖然夫妻生活只過了幾個星期，她可能就已經滿足，沒有欲望再活下去了；或許她的靈魂已經覺得夠了。

老媽一直到最後的最後，都是幸福美麗的新娘。

我找不到能陪她上天堂的供品，只好把筆談用的小本子放進老媽的桶棺裡。雖然那上面幾乎都是我跟客人對談的片段，但其中也有老媽跟我稀少的珍貴交流痕跡。既然發不出聲音，那至少讓我的文字追隨老媽一起去吧。

這個家只剩下我跟貓頭鷹阿公了。

每天晚上我都會想起那天深夜發生的事情，就是婚宴的前一天晚上。

當時的自己讓我悔恨不已。這份後悔甚至可能比失去老媽的哀傷更為沉重也說不定。

因為那個時候的我，對老媽的懇求置之不理。

頑固、卑鄙、偽善。

我有另外一個聲音不斷地責罵自己，讓我難受。

雖然知道已經發生的事情無法挽回，後悔也沒有用，但我仍舊沒有辦法不去想。我已經再也見不到老媽了。即便我將來能夠說話，也沒有辦法讓老媽聽見了。

在每天晚上貓頭鷹阿公報時之前，我無論如何也睡不著。

老媽去世之後，蝸牛食堂一直沒有營業。

那天，我把愛馬仕的肉做成的生火腿分送給老媽的朋友、相識和幫忙辦婚宴的志願者們。

這是老媽的遺願。

從遠地來的朋友我請熊桑開小貨車送我去，住在附近的人我就騎著蝸牛號花一整天拜訪他們。

季節不顧我的心情，逕自輪替。牧場的櫻花早就謝了，長出了葉子。翠綠的樹葉非常濃密。然而我的心空空蕩蕩的，像被熱水燙過的花椰菜一樣鮮綠的樹木都無法讓我駐足。

時隔許久，我去拜訪了修一先生。在戶口名簿上他是我「父親」，但他和老媽都說我不用改稱呼。為了跟老媽共同生活，修一先生在工作的醫院附近買了一間公寓。可能是考慮到照顧老媽，室內都是無障礙空間，為了方便老媽走動，走廊、浴室和廚房都有扶手。

修一先生的頭髮全白了，他衰老的速度簡直是常人的二十倍。這也怪不得他，人生的喜怒哀樂，他在短短幾個月內全都嚐遍了。

我深深低下頭，把用心做的生火腿遞給他。

修一先生請我喝茶時，我們聊到外婆的事。

在此之前我完全不知道，原來外婆也跟村裡的小三夫人一樣，是某個早已過世的政治家的情人。外婆在媽媽小時候愛上了那個已有妻室的政治家，她拋下老媽，跟那個男人私奔離家了。所以老媽也跟外婆不親，輾轉寄居在親戚家和孤兒院，正因如此，老媽不想讓女兒跟自己兒時一樣無人照顧，所以才選擇在家附近的小酒館阿穆爾工作。

可能正因為這樣，外婆才把沒有給親身女兒的愛，全部灌注在我身上。要是我早點知道這件事，或許能跟老媽和好也未可知啊。

那天晚上，我因為見了太多人，身心俱疲，比平常早洗澡上床。

我還沒有決定要讓蝸牛食堂重新營業。或許就這樣永遠休業也說不定。

老媽既然已經走了，我完全想不出繼續留在這個村子的理由。我的心從那時候開始就萬念俱灰。

我昏昏沉沉地似睡非睡間，貓頭鷹阿公跟往常一樣開始報時了。

現在貓頭鷹阿公等於是我唯一的親人了。

每天在同一時間聽到牠的聲音，我就像小時候一樣，稍微放鬆了心情，終於好像能入睡了。

咕——、咕——、咕——、咕——，一如既往正確的節奏。

當我數到九的時候，貓頭鷹阿公的叫聲突然停止了。

我一直等待，然而第十聲並沒有出現。

怎麼了？閣樓裡裡出了什麼事嗎？難道是有蛇潛入，咬住貓頭鷹阿公的脖子……

我望著天花板。

記憶中從沒發生過這種事。

我突然感到不安。「孑然一身」這個詞從天花板上對準我的喉嚨刺了下來。一股寒顫竄下我的脊樑，心臟好像要停止了。

貓頭鷹阿公是這個家的守護神，老媽嚴格禁止我去找牠。

所以我到現在為止都沒有上過閣樓。但現在這是緊急狀態，要是貓頭鷹阿公有生命危險，我身為家人必須去救牠。

我披上老媽喜歡的大花晨褸，從放在枕邊的緊急避難袋裡拿出手電筒，拿著鑽進壁櫥裡，小心地推開通往閣樓的天花板拉門。

然後我嚇了一大跳。

因為閣樓裡並沒有貓頭鷹，只有一個貓頭鷹形狀的鬧鐘而已。

我戰戰兢兢地朝貓頭鷹阿公伸出手。

塑膠的冰冷觸感。拿起來出乎意料地輕。我心裡一直都以為是活生生的貓頭鷹，眼前這個發現簡直像作夢一樣缺乏真實感。

我定睛一看，貓頭鷹阿公底下有一封信。我突然清醒過來。那一定是老媽給我的信。信封上用我熟悉的筆跡寫著「給倫子」。

我拿著那封信從壁櫥裡出來，急忙打開電燈。

我用剪刀小心割開信封頂端，以免傷到裡面的信紙，我取出信慢慢打開閱讀。

「倫子：

妳看到這封信的時候，一切都已經真相大白了吧。對不起，我不是有意要瞞著妳，對，貓頭鷹阿公其實是個鬧鐘。但是妳仔細想想，貓頭鷹再怎麼厲害，也不可能每天晚上十二點整叫十二次吧？妳真的是個傻孩子啊！沒想到倫子長這麼大，還真的相信貓頭鷹阿公存在。但是我身為這個小把戲的主謀，還是很開心的。

老實說，當年把年幼的倫子自己一個人留在家裡，我覺得太可憐了，所以才想出這一招。在此之前我一直都替牠換電池，但即便我這麼厲害，也沒辦法在另外一個世界繼續，只好跟妳坦白了。

這麼說來，我們倆是從什麼時候搞到這個地步的？線頭一旦糾纏在一起，就解不開了。

我非常喜歡妳，但卻沒有辦法好好跟妳說。可能是因為心裡某處覺得，妳不是我最愛的人的孩子吧。對不起，真的對不起。

然而我絕對不後悔生下妳。如果這個世界上沒有妳，我非但活不下去，更不可能跟修一學長重逢。

倫子妳比自己想像中還要漂亮可愛。所以請自信一點。被男朋友甩了有什麼大不了的！倫子妳可是我女兒，絕對不乏追求者的。

而且，妳做的菜真的太好吃了。

非常感謝妳。這可不是客氣話。

我覺得愛馬仕應該也很開心的。愛馬仕在天堂門口等我，所以就算不能見到老公跟女兒，我還是可以忍耐的。

妳真的很努力。很辛苦吧？

小可憐倫子的蝸牛食堂，一定還沒有重新開張吧？

妳媽已經不在了，房子也是妳的了，不用工作也沒關係。這樣想可不行喔。妳開張時跟我借的錢，還沒還完吧。一定要全部還清！拿一個空的香檳瓶子（最好是粉紅水晶香檳），把錢放在裡面，然後埋在田裡，等我轉世重生了會去挖出來的。

馬上讓食堂重新開張！

妳有才能。

妳藉著做菜，能讓別人得到幸福。

請繼續這麼做。

這可是我沒有而妳擁有的才能啊。

一刻也不要浪費，繼續累積經驗。

倫子完全不需要卑躬屈膝，委屈求全。倫子又可愛、又聰明、又會做菜、真是人見人愛，花見花開。

這可是數十年來送往迎來閱人無數的我說的，所以相信我。雖然妳一點都不相信我的占卜，但我可是很準的喔。

妳要抬頭挺胸，堂堂正正地活著。

好好腳踏實地，深深呼吸。

像妳這樣彆扭的孩子，應該多多玩耍，談談戀愛，更開拓自己的世界。

這個世界比倫子想像中要廣大得多，只要你想去，沒有不能去的地方。想吃河馬肉，就去坦尚尼亞或是什麼其他地方吧！

這就是我給獨生女兒的最後一席話。

我們一直感情不好，我從來沒做過母親該做的事情。但是我會以強大的力量在那個世界守護妳的，我會一直在妳身邊，所以沒事的。失個戀死不了人的。

最後我要跟妳說的是，小酒館阿穆爾的阿穆爾不是法文的愛情（Amour），而是俄羅斯的河流阿穆爾河[1]（Amur）。

高中的時候，我和修學長約好蜜月旅行要去阿穆爾河玩。現在想起來可能是高中生的中二病，但當時我們可是認真的。

我們是不是看過什麼風景明信片啊？所以被漂亮的風景迷住了。所以我跟我先生說，總有一天要把我的骨灰灑到阿穆爾河裡。這樣可以吧？

結果蜜月旅行的夢想沒有實現，但藉著倫子的料理環遊了世界一周，我真的非常滿足。

真的，真的非常謝謝妳。倫子是我的女兒真是太好了。

1：就是中國的黑龍江。

還有，趁我沒忘記時告訴妳。

廚房的冷凍櫃裡，有妳的臍帶。

重要的東西都扔進冷凍櫃裡就好。然後有需要時再用微波爐解凍一下，大部分都還能用。

雖然臍帶這種玩意並沒有什麼用就是了。

只不過是倫子是我的女兒的鐵證而已。

妳一直都懷疑我不是妳的親生母親吧？

現在拿去做DNA鑑定，立刻就能夠有結果了。

倫子是怎麼生下來的，等我們在這裡相會時，我再告訴妳。

不是有句話說要乾淨俐落地退場嗎？

這是我第一次，也是最後一次給妳寫信。

我不是個稱職的母親，對不起啊。

還有一件事我不能忘記，必須告訴妳。

倫子的倫，並非不倫的倫。誰會因為是非婚生子就給孩子取名為不倫的倫子啊！其實是我不好意思。本來我的意思是希望妳不要步上我這樣不檢點的人生，希望妳一輩子遵守倫理道德正直地活著。

妳要是能成為這樣的人，我就沒有遺憾了。

所以，妳不要以自己的名字為恥，從今以後也要抬頭挺胸，堂堂正正地活下去。

就這樣了。以後要是還能在哪裡相見，不要不理我啊。

我一輩子渾渾噩噩地活著，但最後非常幸福。

愛妳的母親　琉璃子親筆

我緊緊握著信紙，衝下樓梯，進入漆黑的廚房，打開冷凍櫃的門。裡面有不知道什麼時候留下來的咖哩、變成黑色的香蕉、吃了一半的蛋糕、連蠟筆都偷偷混在食品之間。

裡面還有好幾張我小時候的照片。

已經褪色，還帶著冰霜的小時候的我，笑得令我自己都感到驚訝。這是我第一次，真的是有生以來第一次，知道自己曾經能對著老媽這樣笑著。

從我有記憶以來，「可恨的老媽」這個想法一直盤踞在我心中。當我回過神來時已經進入了反抗期。我終於明白了，怪不得自己的相簿裡一張笑著的照片都沒有。以及相簿有些地方像被蟲蛀，留下照片被撕掉的痕跡。

大顆的眼淚，啪嗒一聲落在年幼的我臉上。

把所有亂七八糟的東西都清理掉之後，在冷凍櫃最裡面有一個淺咖啡色的小盒子，上面沒有標記也沒有文字。

我屏住氣息，打開盒蓋。

裡面是一條好像用過的灸一樣的乾燥臍帶。

老媽……

我無聲地呼喚她。

現在的聲音，老媽感覺得到嗎？

老媽永遠是我的老媽。

已經再也不會回來了。

但也永遠會留在這裡。

只要我堅強地繼續探尋，這個世界上一定還有很多我能做到的事情。

我跪在冰冷的廚房地板上。手中握著聯繫著我和老媽的臍帶，將之緊緊抱在懷中。

本來一切看起來都解決了，但後悔卻如鯁在喉，無法去除。

不知怎地身體完全無法動彈。

時序即將入夏，蝸牛食堂仍繼續休業，只有時間漠然地在我身上流逝。

而且我幾乎沒有吃過像樣的飯。

我不想再見到血了，也不想吃東西了。

我盡量選擇吃沒有生命的東西。

我的身體瘦得不像樣子，皮膚也很粗糙。

但是我不在乎。

我每天吃的東西大部分是速食，有時候早、中、晚三餐都吃泡麵。

因此我也成了速食料理高手。簡直可以稱得上是「速食料理研究家」了。

廚房的櫃子裡還有一大堆老媽買的過期泡麵。

速食食品沒有感情、沒有回憶，對感情過敏的我來說，再適合不過了。

可能老媽也是什麼都不願意去想，什麼也不願意感受，所以才只吃速食品吧。

有時候我自己做飯，吃起來也只有自己的味道。好像章魚吃自己的觸腳果腹一樣，貓咪舔舐自己的性器官一樣，完全沒有在吃什麼食物的實感。料理必須用心為除了自己之外的人所做，才能成為身體和心靈的養分。

我每天就這樣渾渾噩噩地度過。然後，在一個晴天的下午。

我突然聽到沉重的砰咚一聲，窗玻璃發出撞擊的聲音。

我嚇了一跳轉過頭，骯髒的窗玻璃上有東西撞上的痕跡。

我戰戰兢兢地走到屋外察看，有一隻鴿子躺在草叢裡。

脖子在流血。

我走近一看，鴿子好可憐，已經死了。

我本來想把牠埋在無花果樹下，便用雙手捧起屍體。我只要看見蟲子或是小動物、枯萎的花朵，一定都會好好弔唁。愛馬仕的眼珠和蹄子也埋在這棵無花果樹下。

溫暖的微風似乎傳來老媽的聲音，在我耳邊低語。

「不能讓牠就這樣白白死掉啊。」

我耳邊確實聽到了這句話。是老媽還健康的時候的聲音。

哎，我驚訝地四下張望。

如果可以的話，我想緊緊抱住老媽，只要一次就好。

但是那一瞬間既是最初也是最後，老媽的聲音猶如煙霧一般，消失在森林深處。

我手上只有鴿子的屍體。

然後我突然覺得這隻鴿子就是老媽。

我想起來以前曾經聽熊桑說過，這裡的鴿子跟都市裡的不一樣，不會吃亂七八糟的東西。只吃蟲子的野鴿，味道特別香。

我慎重地抱著鴿子的屍體，站起身來。

還有溫度。

不能讓老媽白白死去。

我急忙拿起蝸牛食堂的鑰匙，衝進廚房。在好幾個月沒碰過的大鍋裡加水煮沸。

我把鴿子放進滾水裡，仔細拔毛。

切開肚子，把內臟和香草混合在一起，用鹽和胡椒醃一會兒。

然後跟大蒜一起用平底鍋煎成焦黃、表面酥脆，再放進烤箱裡慢慢烤，烤野鴿就完成了。

我專心料理，忘記了時間。

回過神來望向窗外時，已經是黃昏了。夕陽西下，外面的景色就像塗上了橘子果醬一樣。家裡大門旁邊的棕櫚樹也在夕陽下泛出長長的影子。烤箱裡散發出香甜的味道。

再烤個十分鐘就好了。

我在蝸牛食堂的餐桌上鋪上漿好的白麻新桌布，打開原本準備給客人喝的珍貴義大利風乾葡萄阿馬羅尼紅酒的木塞，倒進紅酒專用的大酒杯中。

跟血一般鮮豔的紅色，在光線下猶如紅寶石般閃閃發光。我閉上眼睛深吸了一口氣，香氣非常高雅甜蜜。

我不由得覺得這是老媽藉著鴿子的肉體，親身傳遞訊息給我。我擺放好沉重的銀製刀叉。

等待野鴿烤好的期間，我把剩下的烤汁加上紅酒煮成濃稠的醬汁，澆上之後便完成了。我立刻裝盤端到桌上。

老媽喚醒了我再度做料理的樂趣。

我在心裡鄭重地說「開動了」，用叉子插進剛剛還在天上飛翔的野鴿身體裡。肉的纖維中流出紅色的肉汁。我用刀切下鴿子肉，將散發著熱氣的肉片送進嘴裡。肉汁帶著蒼茫大地的野味，在口中擴散開來，就在我吞下去的瞬間。

咦？可能是我多心了吧。我又喝了一口紅酒鎮定心中的騷動，吃了一口烤野鴿，然後就像按下壞掉的舊風琴琴鍵一樣，過了一會兒才發出聲音。

「喔，」

我的聲音終於回到我的身體裡了！

就好像纏繞在體內的絲線終於解開，從嘴裡出來一樣。就像幾十年都沒有打開過的儲藏室，剛剛透入了光線一樣。

「真好吃。」

我的聲音確實在喉間震動，在舌頭上演奏，微弱的氣息從我的體內，振翅飛向老媽所在的美麗宇宙。

「謝謝妳。」

我發出聲音向老媽道謝。我好久沒有聽到自己的聲音了。

我把烤野鴿吃得乾乾淨淨。吃的時候，突然感覺好像在跟老媽一起吃飯一樣。我拿著骨頭，把上面的筋肉都啃光。紅酒也喝完了。鴿子小小的心臟慢慢地融入了我的氣息中。愛馬仕和野鴿，在我的體內合而為一。我再度擁有了生機。

不能夠放棄料理。

我打心底這麼覺得。
所以我要從頭開始做菜。
做出能讓身邊的人開心的料理。
讓吃到的人都能心情愉悅的料理。
即便只是小小的幸福，我也要一直做出能讓吃過的人感受幸福的料理。
就在這間，世界上獨一無二的蝸牛食堂廚房裡。

本文完

番外篇

巧克力蜜月

我們正走在雪地上。因為沒想到會來到雪國，所以晴海穿著自己做的皮鞋，我則是穿舊球鞋。鞋子裡早已浸水，連襪子都濕了。

背包裡塞著為海邊準備的夾腳拖、浴巾和防曬乳。我的男友晴海說，我們在溫暖的澳洲黃金海岸過耶誕節吧。

是的，晴海是我的男友。

「小櫻！快到了。加油！」

走在前方的晴海回頭，幫我打氣。

晴海背著的路易威登旅行包有點舊，裡頭塞著比我多好幾倍的行李。與其說我們在走路，不如說是在水中漫步更貼切，而且還不時差點滑倒。

頭頂上方被雪重壓的樹枝。掉下冷冷的冰塊。為了這趟旅行，特地用獎金買的 agnès b. T 恤，還來不及秀給晴海看就毀了。

這是我和晴海的初次旅行，其實我們現在應該坐在飛往凱恩斯的班機上看電影。搞不好現在搭上時速一百公里的計程車狂飆就能趕上那班飛機，無奈我們不知哪一條神經搭錯線，決定前往不會遇到觀光客的日本秘境，結果臨時變更行程，來到這山村。

只是因為晴海閉著眼，丟擲硬幣的方向碰巧是雪國。於是我們隨意搭上深夜特快車，在終點站下車後，眼前是一片雪景（就此展開這趟驚奇之旅）。

但我們之所以在根本看不到路的情況下，不顧一切地往前走，是有原因的。剛才等公車時，從當地高中女生的口中聽說了某間餐廳，所以無論如何都想嚐嚐那裡的料理。

馬上決定要去那間餐廳的我們等不及傍晚的公車班次，攔下一輛計程車，載我們到車子可以駛入的地方，再下車步行。照著高中女生畫給我們的簡易地圖，拚命在連個車胎痕跡也沒有的雪地上前進。

「到了！」

晴海笑著揮手。連手帕和內褲都很講究的他站在雪地上，模樣宛如時尚精品的廣告模特兒，不停喘氣的我總算跟上。眼前是一望無際的水墨畫世界，遠處的連綿山巒彷彿貼畫般。

「就是這裡吧。蝸牛食堂。」

晴海用手撥開雪，埋在雪裡的看板確實用黃漆這麼寫著。

一如高中女生們所說，這裡是一名女子獨自經營的食堂。只見她微笑著迎接突然闖進來的兩個怪男人，然後從口袋掏出單字卡，啪啦啪啦地翻頁。

【您好。】

【我現在因故無法發出聲音。】

向我們連續出示兩張字卡。果然和高中女生們說的一樣。

我們被帶至暖爐前。晴海告訴我，他要細看一下室內裝潢。晴海的本業是製鞋師傅，興趣是蒐集古董家具。他特地租借了綜商大樓的一個房間，利用週末經營販售皮鞋和古董家具的店。店裡的氣氛和蝸牛食堂的室內裝潢，有共通之處。

「那個水晶吊燈好美喔！超讚。」

晴海仰望著垂吊在天花板上的古董水晶吊燈，讚嘆不已。他看到什麼好東西，就會用「讚」這字形容。晴海的周遭有許多很讚的東西，他在我眼裡也是超讚的存在。

晴海坦白告知女子我和他的關係，以及這趟旅行是我們的蜜月之旅。她默默地聽著，待晴海說完後，微笑著露出白牙。

【真心歡迎你們到來。

那麼，今晚會把婚禮的美味料理送到你們下榻的地方。】

她在筆記本上沙沙地寫著，遞給我們看。

她走向廚房，為我們沖泡熱巧克力。光是喝了一口熱巧克力，就讓我們打從心底佩服，到底是用了什麼獨家秘方？巧克力是晴海的最愛，我們的相遇也和巧克力有關。搞不好這杯熱巧克力是把頂級的 THEOBROMA 巧克力直接用熱牛奶融化煮出來的吧。最後，她在筆記本上寫道：

【晚餐之前，請盡情度過愉快時光。】

向我們深深鞠躬。

「謝謝。」

我們站起來，異口同聲地道謝。晴海牽起我的手，這還是第一次在別人面前大方牽手，我有點緊張地頻冒手汗。

我們循著來時的足跡，再次邁開步伐，前往預約的度假小屋。肚子裡的熱巧克力彷彿還冒著熱氣，那是不會太甜，帶點苦味的濃醇熱巧克力。

「對了，那女孩為什麼知道晴海喜歡巧克力呢？」

「應該是湊巧吧。」

「可是，說什麼婚禮……」

「這世上有人認同我們的關係，不覺得很讚嗎？」

被雪覆蓋的景色，有如鋪著雪白床單的雙人床。晴海突然向後倒在雪地上，我也跟著躺下靠近他。軟綿綿的雪瞬間擁抱著我們。我像握緊安全帶般，緊緊回握晴海那骨感十足的手。

其實我們相識不過短短幾個月。那時，我真的過得很辛苦，總算鼓起勇氣向暗戀十年的花店老闆告白，卻被徹底鄙視，在我任教的小學也發生一件慘事。

我是小學老師，擔任六年級的班導。明明是因為喜歡小孩才從事這工作，沒想到因為一些事情，變得很害怕和小孩相處。

那件事發生在我提醒不理會上課鐘響，還在吵鬧的男孩趕快回座時。本來是要喊：「別吵了！」一回神，發現自己竟脫口而出：「別再吵了啦！」而且聲音還有點嬌柔。就在我祈禱孩子們千萬別留意到時，有個一向傲慢的女孩喧鬧地喊道：「好像人妖！」不一會兒就勾起其他孩子的興頭，紛紛打著拍子，喊道：「人妖！人妖！」成了大合唱。

我呆在當場。雖然早已習慣被別人嘲笑皮膚白、矮冬瓜、瘦竹竿，但聽到「人妖」這詞，頓時覺得覆著身體的皮膚和五臟六腑被牽扯翻攪似的。

隔壁班老師聽到騷動後，趕來收拾殘局。但是孩子們那鬼魅般的表情，高喊「人妖」的模樣在我腦中無限膨脹，想忘也忘不了。

那天晚上，我第一次去聚集著和我一樣的人的熱鬧街區，猛灌一向不碰的酒。結果當然是醉到無法動彈，只能蹲在某棟綜商大樓的樓梯平台。而幫助我的，就是碰巧路過的晴海。

「啊、小櫻。你又想起不好的回憶，是吧？不可以皺眉啦！」

晴海指著我的眉間說道。還真的被他說中了。

「可是一吃到巧克力，就會想起那晚的事嘛！」我坦白地說。

「巧克力不是哀傷的記憶，是幸福的味道哦。不過，小櫻那時真的很常哭呢！」

因為我們交往的時間不長，兩人幾乎沒什麼共通回憶，所以就像唱片摩擦著唱針般，能反覆回想的只有相識的瞬間。這種感覺很像小孩捨不得一下子吃完最喜歡的糖果，只好再三回味。

「可是，真的很痛苦嘛！」

「所以一看到我，就突然撲上來抱住。」

「那時覺得誰都無所謂。可是，抱住你的瞬間就想：『啊、我會真心喜歡上這個人吧。』」

我到現在還清楚記得那時從晴海身上感受到的熟悉香氣。

「我抱住小櫻時，也覺得遇到這個人是命中注定。」

「真的嗎？我明明放聲大哭，你卻突然往我嘴裡塞了巧克力。」

「是啊，因為我隨身帶著巧克力。只是還沒把理由告訴你。」

我們攔了一輛計程車，前往位於湖畔的度假小屋。在車上，晴海繼續剛剛的話題。

「小時候我和小櫻一樣，被霸凌得很慘，一直被嘲笑是胖子。」

看著現在的晴海，實在無法想像。

「我還哭著回家呢！我媽媽就做了和我一樣的事。該說她的直覺敏銳，還是很會察言觀色呢？我還沒正式向她坦白，她就察覺我是同志，還對我說：『你今後會活得很辛苦，但媽媽永遠是你的伙伴。』」

「所以她就往你嘴裡塞巧克力？」

「是啊。那時塞進我嘴裡的是阿波羅巧克力，所以我決定，要是遇到和我一樣活得很辛苦的人，也要讓他吃顆巧克力。不過，那天小櫻吃的是……」

「JEAN-PAUL HEVIN 的牛奶口味 SUCETTE！」

遇到晴海後，我變得很懂巧克力。內心竄起的烏雲被巧克力的甜味拂去。不只巧克力，我一直以來沒怎麼注意的東西，像是雜貨、家居裝潢、時尚、美食、肌膚保養、電影和音樂，讓我明白這些事物有多重要的人就是晴海。這些乍見不怎麼重要的事物，其實為人們的生活增添豐富色彩。

「啊、小櫻的嘴唇有點乾。」

這麼說的晴海趕緊從包包拿出護唇膏，用指尖沾了些幫我塗上。嘴唇瞬間散發甜甜的玫瑰香氣。

「這是標榜天然的義大利品牌雅格綠翠的護唇膏，很讚吧？」

晴海又幫我開啟了一扇未知之門。

就在這時，瞥見我們今晚入住的地方。孤伶伶地矗立在森林中，非常老舊的度假小屋。

「哇！」

我一踏進去就不由得蹙眉。

「好臭！」

明顯有股霉味。

晴海趕緊從包包掏出香水瓶，咻、咻、咻地按壓了好幾次，香氣瞬間擴散。晴海的愛用品牌是菲拉格慕的古龍水。表達力貧乏的我，無法好好用言語形容這美妙香氣，總之是十分高雅、微甜，很適合晴海的香氣。

「啊～總算變成晴海的味道。」

我安心地把行李放在沙發上，喃喃自語。

即使心裡早有底，但這房間也太殺風景。這麼一來，難得的蜜月旅行不就毀了？只見晴海俐落地打開旅行包，拿出袋子。

「小櫻，別擔心，我來搞定。你先換個衣服休息一下，我們來把這裡變成超讚的空間。」

我往袋子看了一眼，裡頭塞滿耶誕節用的裝飾品。不愧是晴海！讓我佩服不已。他的大旅行包裡裝了很多能讓這趟旅行變成美好回憶的小道具。

打開瓦斯暖爐，房間暖了起來。總之，我們先換掉身上的濕衣服。一想到只有我和晴海待在這個空間，心跳就突然加速。我們一向都是約在他推薦的咖啡館、畫廊碰面，所以這是兩人第一次獨處。

我從包包中拿出隨身物品，但因為原本以為要去盛夏的澳洲旅行，所以包包裡塞的是短袖襯衫、坦克背心、半長褲，不過再怎麼樣，還是比這一身濕衣服來得好。

我拿著替換衣物去洗手間，想說盡量多套幾件衣服。套在最外面的花襯衫是姊姊送的夏威夷伴手禮，半長褲裡穿著在無印發現的女用緊身褲。身形嬌小的我穿女用Ｌ尺寸剛剛好。

我準備洗臉，扭開的水龍頭流出熱水。

這間度假小屋好像有溫泉可泡。我用晴海告訴我的山羊牛奶無添加肥皂洗臉，一邊抹上乳液，快步返回晴海在的房間。

晴海已經換上輕鬆的家居服。他幾乎都穿英國的 MARGARET HOWELL 的衣服，宛如量身訂製般，包覆著晴海的身軀。

「這件給小櫻穿。」

晴海借給我一件質料超好的灰色罩衫，我趕緊穿上。好輕柔，好溫暖，好像被春風擁抱般，還散發出晴海的香氣。讓我知道羊毛布料有多讚的人，也是晴海。

「真的好適合你喔。而且那個髮夾好可愛。」

我忘了拿掉洗臉時用來固定瀏海的髮夾。雖然對扮女裝沒什麼興趣，但被晴海一誇，就想讓自己變得更可愛。

只見他開心地微笑，幫我把過長的袖口反折。

我們盡力把寒酸的度假小屋變成甜蜜空間。晴海帶來了不會過於華麗的漂亮彩球，我則是在洗臉台、浴室，甚至洗手間等地方，掛上天使、馴鹿和星星的耶誕裝飾。

從天花板垂掛粉紅色氣球，閣樓的床四周則點綴著色彩繽紛的鳥兒飾品。一回神，才發現整間屋子變成以粉紅色與白色調的可愛空間。

「好幸福。」

我把頭靠在身旁的晴海肩上，輕聲地說。

「我也是。」

這麼說的晴海，把纏在脖子上的長圍巾也圍到我的脖子上。輕輕的，有如鳥兒的翅膀般守護著我。

窗外又開始下起雪來。

獨自一人站在雪地正中央，會不曉得自己的身體是冷還是熱。但像這樣靠在另一個人身上，就知道自己的身體比晴海來得稍微冷些。閉上眼，彷彿聽得到雪靜靜地不斷飄下的聲音。

多麼希望時間就此暫停。就像兩根蠟燭因為熱氣而融為一體，要是我和晴海的身體也合而為一就好了。

天空瞬間染上奶茶般的顏色，之後像被蓋上蓋子似的突然變暗。

傍晚五點，經營蝸牛食堂的女子依約送來晚餐。我們聽到引擎聲而醒來，從晴海的大腿上抬起頭來，窺看窗外，外頭停著一輛由鬍子大叔駕駛的雪車。蝸牛食堂的老板捧著做好的料理進屋。

鋪上純白桌巾，擺上刀叉和湯匙，點上蠟燭。明明剛踏進屋內時，還感嘆裡頭什麼也沒有，現在卻醞釀出不輸一流飯店蜜月套房的氛圍。晴海穿上西裝外套，所以我也換上帶來的唯一正式服裝——一整套西裝。回到擺著餐桌的房間，已經準備上菜。

她拿出用漂亮紙張寫的菜單，遞給我們。我們緊靠著彼此看向菜單。

・濃湯
・培根、芋頭與花椰菜義大利麵
・櫻桃蘿蔔的熱沾醬 添加野豬肉
・巧克力茶
・結婚蛋糕

女子將這些料理擺上桌，向我們深深一鞠躬便迅速離去，像是避免打擾我們似的。或許這是她向來的體貼。

不善飲酒的我們，用她做的蘋果酒乾杯。

晴海喝了一口濃湯，瞬間像是從水果噴出的果汁般，露出大大的笑容。

我在純白似雪的濃湯入口的一瞬間，渾身起雞皮疙瘩。

「紅蘿蔔、白蘿蔔、韭蔥、馬鈴薯，還有一點點柚子味。」

晴海一邊用舌尖確認湯的味道，說道。老實說，我吃不出湯裡放了些什麼；但該說是神聖的味道嗎？明明第一次吃到，卻有種懷念感。

我們分食著義大利麵。軟綿綿的芋頭，滲進了冷冷的身體中。

「你看！好可愛。」

晴海用叉子給我看蝴蝶結形狀的義大利麵。

「這個叫蝴蝶結麵，就像用紅色緞帶把我們綁在一起的意思吧。」

晴海那忍著笑、有點害羞的模樣很怪。

接著享用了「櫻桃蘿蔔的熱沾醬 添加野豬肉」這道料理。上紅下白的小櫻桃蘿蔔，一咬下去，就有新鮮的土味在嘴裡擴散。

「醬汁好像有放鱈魚白子，超好吃！」

晴海睜著他那閃亮大眼，興奮地說。

這時的我才明白一件事，原來美食能勾起情慾。

若要用一句話形容她做的料理，就是非常性感。難為情的是，我每吃一口她做的料理，那裡就會變硬。因為我穿的是質地偏薄的褲子，所以很擔心會被晴海瞧見；即便如此，握著刀叉的手還是沒停過。我們就像乘著魔法地毯環遊世界似的，心情好愉快。

「她要是在二丁目開間專門做同志生意的時尚餐廳，肯定會紅！」

「就是啊！只當女人太可惜了。」

盡情聊著的我們連最後一小片花椰菜也不放過，全都吃個精光。其實很想像貓一樣用舌頭把盤子裡殘餘的醬汁舔到一滴不剩。

從寫著「結婚蛋糕」的盒子裡取出的是一對互望的企鵝。

擔心它倒下的我，小心翼翼地拿出蛋糕，放在桌子中央。餐盤、餐具已經移到小流理台等待清洗，所以兩隻企鵝像是佇立在南極雪原上。燭光映照下，桌巾上的長長影子搖晃著，宛如極光。

我們用溫熱的紅茶再次乾杯。根據她的說明，這個茶葉好像是來自西藏僧院的秘傳紅茶，因為添加少許巧克力，擁有複雜香氣，是帶有異國風情的味道。

「這是送給小櫻的禮物！」

晴海突然從桌子下方取出一個盒子，害我嚇一跳。

「打開看看。」

晴海悄聲說。我迅速解開金色緞帶，興奮地打開盒蓋。

「呀！」

不由得發出像是女生的驚呼聲。

盒子裡是一雙鞋子，而且是晴海親手做給我的皮鞋。晴海做的是訂製鞋，也就是從客人的木頭足形開始做起，最快也要半年才能做好。近來這種訂製鞋大受歡迎，也有人願意等上一年才拿到鞋子。

「晴海，你都忙成那樣了……」

「這是為喜歡的人熬夜做的哦！快穿看看。」

晴海的話讓我頓時呆住。我鬆開鞋帶，把腳伸進鞋子。

「好厲害！完全合腳。」

有種自己就是灰姑娘的感覺。明明沒量過腳的尺寸，為什麼可以……就在我想這麼問時，

「小櫻在我的店裡打盹時，我悄悄摸了你的腳，用手掌記住了。」

晴海露出爽朗笑容。

好開心，真的好開心，不曉得該如何表達這般心情。

「謝謝。」

這麼說的我伸出手，靜靜撫摸著坐在對面的晴海那觸感有如小魚刺的下巴鬍。

「就算不在你身邊，我做的鞋子也能守護小櫻。要是再被那些傲慢小鬼說是人妖，就用這鞋子踢飛他們。」

晴海笑著這麼說，溫柔地吻著我的手指。

「其實，我也有準備禮物給你哦！」

我一邊登上通往閣樓的梯子，說道。

「哦？」

「嗯，稍等一下。」

我趕緊準備。點燃方才蝸牛食堂的老板留下來的蜜蠟蠟燭，繞著床擺置一圈，然後把浴巾攤放在床上，從背包取出道具，放在枕邊。圍繞著許多美麗小島的這裡，宛如被祝福的秘密小島。

接著我招呼晴海上來閣樓。他一看到被蠟燭圍起來的床，就不由得張大雙眼。

「晴海，快脫掉衣服。」我說。

「我要送你全世界最舒服的按摩當作禮物。」

我設法騙過從事美容按摩的姊姊，拿到一些材料，然後自己看書學習。雖然沒想到會來到冰天雪地的地方，但為了避免晴海著涼，盡量把房間各處都弄得溫暖些。

只見晴海一邊嚷著好害羞，在閣樓角落褪去衣服，換上我準備的浴袍。

我拿出精心準備的巧克力精油送給他。聽說可可裡含有的咖啡因和多酚，有燃燒脂肪與排汗作用。我知道晴海一直很想去按摩，但被異性觸摸令他很不自在，又不想去專門服務同志的店。

「啊~好舒服。我一被小櫻觸碰，就安心地想睡覺。」

晴海嘆著氣說。

「這趟旅行不是蜜月旅行，而是巧克力蜜月呢！」

我偷看晴海一眼，早已半張著嘴，露出像是小孩子的表情。不知不覺間，我們就像在水中悠游的兩條魚，碰觸著彼此的身體。我的手腳像被晴海的體溫吸入似的越來越暖。房間裡充斥著巧克力的香氣。

按摩結束後，我枕著晴海的手臂，抱著他，晴海也露出沒有防備的安心表情。

我倆熟睡至天明。

一覺醒來，發現晴海早已起床，換上了另一套 MARGARET HOWELL 的衣服。

「早安～」

揉著惺忪睡眼的我穿著睡衣下樓，晴海正在準備早餐。桌上還放著那兩隻對望的企鵝。想起昨晚的事，我有點難為情。

「去洗個澡吧。用溫泉暖暖身體。」

晴海一邊用長筷攪拌鍋裡的食物，這麼說。蝸牛食堂的老板昨天連早餐都幫我們準備好了。

「是關東煮哦！看起來好好吃。」

熱氣騰騰中，晴海露出爽朗笑容。

等我洗完澡，兩人就一起吃早餐。原來和喜歡的人一起迎接早晨是這麼幸福的事。我因為平時得工作，只有週末有空，而晴海週末要顧店，所以兩人的時間始終搭不上，光是要一起約會幾個小時都有困難。所以，這是我們第一次一起迎接早晨。

「好好吃喔。」

我切實感受著幸福，吃著關東煮。

「她可是連隔天早上吃起來會怎麼樣都想好而做的。高湯很清，關東煮的食材也沒有煮得太軟爛。你看，已經過了一段時間還是那麼有嚼勁。」

關東煮滲進了睡著時變得相當乾燥的身體。晴海用烤箱加熱的烤飯糰，表面似乎塗上胡麻油，香氣撲鼻。把烤飯糰浸泡在關東煮的湯裡，成了美味的茶泡飯。

享用豐盛早餐的同時，整個人感覺越來越有活力。

我們終於要吃企鵝造型的結婚蛋糕當作飯後甜點。晴海用從家裡帶來的濃縮咖啡機，花了一點時間煮咖啡。

「可是，為什麼是企鵝呢？」

端著咖啡的晴海一臉不解地歪著頭。我好像知道為什麼是企鵝的理由。

「企鵝是一輩子一夫一妻制喔。雖然也有不是這樣的企鵝伴侶，但基本上都是一夫一妻。牠們是靠聲音記憶自己的另一半，所以她一定是想……」

「祝福我們永遠幸福地在一起！」

加了些許杏仁粉做成的蛋糕體有著濃醇的洋酒味，鋪上草莓果醬，外側則是塗抹黑巧克力，再用鮮奶油仔細描繪蕾絲圖案和白羽毛，企鵝的雙眼是銀色小糖果，嘴喙的部分則是杏仁。

「小櫻知道的可真清楚。」

聽了我的說明，晴海一臉驚訝地說。

「人家從小就想當甜點師傅囉。可是被說是女生才做的工作，所以很反對……」

「你又快哭出來了。笑一笑，絕對會有好事喔！」

「不是啦！我一吃到巧克力就會不自覺想起那天的事。因為人家真的很開心嘛！」

「小櫻，我覺得生來是同志真的很幸福，因為這樣，才能有這麼棒的旅行啊！既然生來如此，那就享受更多只有同志才能做的事吧。」

「嗯。我現在也覺得自己這樣活著真是太好了。因為可以和晴海這麼溫暖又體貼的人一起吃飯，裸身睡覺。」

我一邊品嚐企鵝造型的結婚蛋糕，微笑著。兩人在一起的感覺好舒服，就是這麼簡單的理由。光是這樣就夠了。這就是人與人之間的羈絆。

因為離退房還有一段時間，我們一起聽音樂。並肩坐在沙發上，各自戴上一只耳機，聽著ipod裡頭的歌曲。聽的是我們初次約會時，一起去看的電影的原聲帶。

從上方看呈現Y字形的耳機，就像我和晴海的人生。原本走在不同路上的兩人途中會合在一起。今後也有如山高的苦難等待著我們吧。縱然如此，只要身旁有最愛的人就能克服一切。

明明因為想看到電影裡出現的美麗海洋而決定去澳洲，結果一回神，眼前是片無垠雪景；但聽著彷彿海鳥在海邊用雙腳跳躍似的輕快音樂，潔白的雪景也漸漸變成蔚藍清澈的海。

原來雪那麼溫柔。活了二十幾年居然不知道。

「晴海。」

忽然覺得一切是那麼神聖的我輕喚。

「光是晴海來到我的生命裡這一點就讓我……」

「嗯。我們都是邊緣人，卻有個奇特的人這麼認同我們，為我們做如此沁入心靈的美味料理，現在的我真的滿懷感謝。我們不該感嘆人生的辛苦，即使是邊緣人，只要好好地活著，一定會遇到美好的事。」

眼前這片以為是雪原的景色，原來是湖。應該是湖畔的地方，看不太清楚所以無法確定就是了。停泊著天鵝造型的船。即使是如此寂寥的地方，雪融化後也會有人造訪吧。

「下次我們來這裡時，去坐那個吧。」

我指著天鵝造型的船，唱歌似地說。

「像這樣累積每個重要的地方與充滿愛的回憶，就是戀愛的醍醐味呢！」

我望著晴海那呈「く」字突出的喉結，這麼想著。只要喜愛的人陪在身旁，只要和他一起享用包藏著愛的美味食物，就是幸福吧。只要兩者兼具的話，醜惡、爭奪、霸凌、戰爭就不會發生吧。

這時，一道光從流冰般矗立的厚重雲層隙縫射向湖中央。

只有那裡像灑著銀粉般閃耀生輝，彷彿把我們心中的風景掏出去似的。

「請讓小櫻活得像自己，活得幸福。」

晴海像在祈願似地悄聲說著。

《蝸牛食堂》於二〇〇八年一月由ポプラ社出版。
〈巧克力蜜月〉於《asta ＊》二〇〇八年二月號刊登。

蝸牛食堂

作　　者　小川糸
譯　　者　丁世佳、楊明綺（番外篇）

責任編輯　許芳菁 Carolyn Hsu
責任行銷　袁筱婷 Sirius Yuan
封面裝幀　蕭旭芳
版面構成　黃靖芳 Jing Huang
校　　對　葉怡慧 Carol Yeh

發 行 人　林隆奮 Frank Lin
社　　長　蘇國林 Green Su

總 編 輯　葉怡慧 Carol Yeh
日文主編　許世璇 Kylie Hsu
行銷主任　朱韻淑 Vina Ju
業務處長　吳宗庭 Tim Wu
業務主任　蘇倍生 Benson Su
業務專員　鍾依娟 Irina Chung
業務秘書　陳曉琪 Angel Chen
　　　　　莊皓雯 Gia Chuang

發行公司　悅知文化　精誠資訊股份有限公司
地　　址　105台北市松山區復興北路99號12樓
專　　線　(02) 2719-8811
傳　　真　(02) 2719-7980
網　　址　http : //www.delightpress.com.tw
客服信箱　cs@delightpress.com.tw
I S B N　978-626-7288-95-5
建議售價　新台幣360元
首版一刷　2023年11月
首版三刷　2024年1月

國家圖書館出版品預行編目資料

蝸牛食堂 / 小川糸著；丁世佳譯. -- 初版. --
臺北市：悅知文化精誠資訊股份有限公司，
2023.11
　面；　公分
ISBN 978-626-7288-95-5（平裝）

861.57　　　112017192

建議分類｜翻譯文學

First published in Japan in 2008 by Poplar Publishing Co., Ltd., Tokyo.
Revised edition published in Japan in 2010 by Poplar Publishing Co., Ltd., Tokyo.
Traditional Chinese translation rights arranged with Poplar Publishing Co., Ltd. through FUTURE VIEW TECHNOLOGY LTD., TAIWAN.

悅知文化 Delight Press

線上讀者問卷 TAKE OUR ONLINE READER SU

即便只是小小的幸福，

我也要一直做出能讓

吃過的人感受幸福的料理。

——————《蝸牛食堂》

請拿出手機掃描以下QRcode或輸入
以下網址，即可連結讀者問卷。
關於這本書的任何閱讀心得或建議，
歡迎與我們分享 ◡̈

https://bit.ly/3ioQ55B